마룡의 후예

송진용 新무협 판타지 소설

FANTASTIC ORIENTAL H

마룡의 후예 1

송진용 新무협 판타지 소설

초판 1쇄 찍은 날 § 2010년 2월 10일
초판 1쇄 펴낸 날 § 2010년 2월 20일

지은이 § 송진용
펴낸이 § 서경석

편집장 § 문혜영
편집 § 주소영

펴낸곳 § 도서출판 청어람
등록번호 § 제1081-1-89호
등록일자 § 1999. 5. 31
어람번호 § 제2-1890호

주소 § 경기도 부천시 원미구 심곡2동 163-2 서경B/D 3F (우) 420-822
전화 § 032-656-4452 팩스 § 032-656-4453
http://www.chungeoram.com
E-mail § chungeoram@chungeoram.com

ⓒ 송진용, 2010

ISBN 978-89-251-2087-4 04810
ISBN 978-89-251-2086-7 (세트)

魔龍 마룡의 후예 後裔

송진용 新무협 판타지 소설

1

만남

도서출판 청어람

目次

작가의 변

　이 글은 한 사람의 위대한 영웅에 대한 뒷얘기의 형식을 빌어왔습니다.

　그가 마도를 걷던 인물이든 백도의 영웅이든 상관없이 절대적인 힘과 권위를 지녔던 한 사람이라는 데에서 우리는 그를 영웅이라고 불러도 상관없을 것입니다.

　이 이야기는 그의 몰락 이후부터 전개될 것입니다.

　영웅은 뒤로 물러나 전설이 되었고, 그의 뒤를 이어갈 또 다른 영웅의 탄생을 처음부터 조곤조곤 이야기해 보고 싶었던 것입니다.

　역경과 풍파는 당연히 있어야 할 것입니다. 그것이야말로 영웅을 만들어내는 가장 훌륭한 스승일 테니까요.

　주인공은 그러한 모든 역경을 다 이겨내고 비로소 진정한 영웅이 되어 세상에 우뚝 서게 될 것입니다.

　어떻게 보면 무협의 가장 전형적인 패턴이고, 그래서 차별화가 어려운 스토리일지도 모릅니다.

하지만 그래서 더 매력적일 수도 있습니다. 그만큼 익숙하기 때문에 그렇지요.

무리없이 쓸 수 있고, 부담없이 읽을 수 있는 글이 되기를 원합니다.

마룡의
후예

살아서 전설이 된 사람이 있다.

풍약헌(風約憲).

그는 살아서 전설이 되었고, 강호를 떠나서는 신화가 되었다.

마도의 하늘이기에 절대천마(絶代天魔)라고 불린 유일한 사람.

일인군단이라고 해도 과언이 아닌 단 한 사람.

강호에 그와 같은 사람이 나온 건 저주이면서 축복이기도 했다.

마교라는 거대한 마의 집단을 이끄는 종사의 신분이었지만 그는 언제나 혼자였다.

　혼자서 생각하고 판단하고, 혼자서 강호를 떠돌았을 뿐이다.

　하지만 아무도, 그 무엇도 그의 독행보(獨行步)를 가로막지 못했다.

　가로막으려 한 자들은 모두 죽었고, 문파는 모두 무너졌다.

　그래서 그는 외롭고 쓸쓸했다.

　이 세상에 자신과 어깨를 나란히 하고 같은 길을 가줄 사람이 아무도 없었기 때문이다.

　그런 그가 십오 년 전에 홀연히 모습을 감추었다.

　세상은 처음에는 어리둥절하고 의아해하다가 조금씩 술렁거리기 시작했다.

　―그가 마도천하의 도래를 막기 위해 나선 백도의 십대고수들과 겨루었다.

　―그 싸움에서 패하여 은거한 것이다.

　―죽었는지도 모른다.

　그런 말들이 조금씩 퍼져 나가기 시작하더니 이내 봇물 터지듯 온 세상을 뒤덮었다.

　절정의 득세기를 구가하던 마교 홍안적성(紅顔赤城)의 무리가 슬그머니 중원을 떠나 저 먼 청해성의 오지로 숨어버렸을 때, 사람들은 미친 듯이 열광했다.

―백도의 십대고수가 절대천마 풍약헌을 꺾었다!

그 환희는 그러나 오래가지 못했다.
춤을 추며 기뻐하던 강호의 무리에게 하나의 질문이 던져졌
기 때문이다.

―십 대 일의 싸움이었다. 정당한가?

쿵!
그 질문은 모두의 가슴에 바윗덩이처럼 떨어졌고, 한순간에
백도인의 모든 기쁨을 빼앗아 가버렸다.
풍약헌과 싸웠다고 알려졌던 십대고수들.
백도의 열 하늘이라고 불렸던 그들이 모두 강호를 떠나 칩
거해 버림으로써 그런 의문은 더욱 현실이 되었고, 사람들은
의기소침해졌다.
더 이상 기뻐하지 못했다.
그리고 조금씩 풍약헌의 존재는 전설이 되어가기 시작했다.

第一章
전설(傳說)
第一章
전설(傳說)

마룡의
후예

마룡의
후예

십오 년 전의 어느 날이다.

　모악산(母嶽山) 천궁봉(天宮峰)에 서서히 노을빛이 비쳐들
고, 바다에서부터 불어왔던 서늘한 바람이 잠잠해져 갈 무렵
이었다.
　천궁봉 정상의 너럭바위 위에 열한 사람이 우뚝 서 있었다.
　아홉 명은 한쪽으로 물러나 숨죽인 채 서 있고, 너럭바위 중
앙에 두 사람이 마주하고 있는 것이다.
　수억 년 그 자리를 지키고 있었던 바위의 곳곳에 균열이 가
있었다.
　지진이라도 휩쓸고 지나간 것일까?

검 한 자루를 늘어뜨린 채 오연한 모습으로 서 있는 중년의 한 사람.

깨끗한 살빛과 용모는 언뜻 보기에 학식이 높은 고고한 선비 같기도 했다.

하지만 그가 늘어뜨리고 있는 건 붓이 아니라 한 자루의 칙칙한 묵 빛을 띤 검이었다.

장포의 이곳저곳에 피 얼룩이 졌고 찢어져 남루해진 모습이었지만 그는 여전히 의연하게 서 있었다.

원래 희던 얼굴빛에 창백함이 더해져 조금 더 희어졌지만 그것만으로는 그의 의연하고 오만하며 도도한 기품을 깎아내릴 수 없었다.

풍약헌.

절대천마라고 불리는 마도의 하늘은 그렇게 문약한 서생 같은 모습을 하고 있었다.

그리고 그와 마주하고 있는 사람.

풍사곡주(楓沙谷主) 위진평(魏鎭平).

그는 백도의 자부심이라는 열 개의 하늘 중 하나인 절대자이다.

강호에서는 오래전부터 그를 일컬어 검 한 자루로 사마와 자기 자신을 이겼다고 해서 검진삼협(劍鎭三俠)이라고 불렀다.

그 이름을 부를 때마다 지극히 존경할 수밖에 없는 검협인 것이다.

이제 겨우 사십대 중반이 되었을까 한 나이에 그러한 명성

을 얻었다는 건 그가 과거에 얼마나 뛰어난 사람이었는지를
충분히 알게 해준다.
　몇 년 전부터 호남의 남쪽 광문산 풍사곡에 머물면서 고요
한 삶을 즐기고 있던 그가 오늘은 모악산 천궁봉에 이렇게 서
있는 것이다.
　그의 안색은 침중하기 짝이 없었다.
　신광이 이글거리는 눈으로 풍약헌을 바라보며 꼼짝하지 않
았다.
　숨조차 쉬지 않는 것 같았다.
　풍약헌의 검끝에 미미한 떨림이 일기 시작했다. 그러자 검
진삼협 위진평의 눈꼬리도 파르르 경련을 일으켰다.
　"이게 마지막 대전이오."
　풍약헌의 낮으나 힘있는 음성이 들려왔다.
　"으음―"
　침음성을 흘린 위진평이 보일 듯 말 듯 고개를 끄덕였다.
　저쪽에 물러서 있는 아홉 명의 동료들을 힐끔 바라본다.
　자신과 함께 백도의 열 하늘이라고 불리며 존경과 경외의
대상인 그들이 지금은 한껏 위축된 모습으로 거기 우두커니
서 있었다.
　소림의 탕마무불(蕩魔武佛) 각원 선사(覺元禪師).
　무당의 진양자(進陽子) 담옥천(潭玉泉).
　아미의 적운 사태(積雲師太).
　화산의 무량자(無量子) 이릉운(李凌雲).

점창의 낙일검객(落日劍客) 이풍룡(李風龍).

개방의 풍진걸개(風塵乞丐) 양위허(楊衛虛).

산동의 하가신창(河家神槍) 하운봉(河雲峰).

을목장주(乙木莊主) 관패호(關覇虎).

풍사곡주(楓沙谷主) 위진평(魏鎭平).

흑풍객(黑風客) 장하륜(張河崙).

그들 열 사람은 각기 십천의 보좌에 오른 극강한 고수들이었다.

백도의 모든 힘이라고 불려도 이상할 게 하나 없는 절대자들인 것이다.

그들이 이처럼 한자리에 모인 일은 아직까지 한 번도 없었다.

그러나 오늘,

절대천마 풍약헌 앞에서 그들은 열 사람이면서 한 사람이 되어야 했다.

그들 중 누구도 자신들의 승리를 의심하지 않았다.

첫 싸움은 소림의 탕마무불 각원 선사가 했다.

달마원의 주지이면서 육십 살이 넘은 노승이지만 그의 소림 절학은 천하제일이라고 꼽히기에 부족함이 없었다.

그러나 삼십여 초 만에 그의 백보신권은 풍약헌의 마라혈권(魔羅血拳)에 의해 처참하게 깨지고 말았다.

누구도 그 사실을 믿을 수 없어서 경악했지만 눈앞의 현실을 부정할 수는 없었다.

두 번째로 대무당파의 진양자 담옥천이 나섰다.

그는 무당검법을 대성한 극강의 고수이면서 검선(劍仙)으로 불리는 청수한 용모의 중년 도사였다.

서른 살 무렵부터 이미 백도십천의 한자리에 당당히 오른 무당파 불세출의 영웅인 것이다.

세상에서는 그를 두고 여동빈의 환생이라고까지 극찬했다.

그런 그의 삼십육로 현천검법도 삼십 초 만에 풍약헌의 수라칠검(修羅七劍)에 꺾이고 말았다.

세상의 누구도 알지 못하는 싸움은 그렇게 시작되었다.

백도의 십천은 오직 풍약헌의 위대함을 증명해 주기 위해서 모인 존재들인 것 같았다.

권법에는 권법으로, 검법에는 검법으로.

풍약헌은 상대의 절기에 따라 자신 또한 그와 같은 무공으로 싸웠을 뿐이다.

대체 그의 한 몸에 얼마나 많은 종류의 무공이 들어 있는 건지 알 수 없었다.

더욱 놀라운 건 그 모두가 개세적인 신공절학들이라는 것이다.

아미의 적운 사태가 이십 초 만에 풍약헌의 귀타십팔장에 의해 패배했고, 산동 하가보의 보주인 하가신창 하운봉이 이십오 초에 패했다.

화산의 신검으로 불리는 무량자 이릉운은 삼십오 초를 버티더니 스스로 매화검을 꺾어 던지고 물러서야 했다.

그리고 점창의 장문인이자 불세출의 고수인 낙일검객 이풍룡 역시 삼십여 초 만에 가까스로 목숨을 건지고 물러섰다.

그때쯤이면 풍약헌은 지칠 대로 지쳐 진기가 고갈되어 가야 마땅했다.

이미 여섯 명이나 되는 강호의 절대자들을 차례로 상대하며 전력을 다했을 테니 그렇지 않겠는가.

그래서 자신감과 함께 동료들의 기대를 받으며 나온 호남 을목장주 관패호가 이십칠 초 만에 무릎을 꿇었을 때 사람들은 절망했다.

그의 필생의 절학인 을목신공과 목령신장조차 풍약헌의 흑수마장(黑水魔掌)을 상대하지 못했던 것이다.

그리고 또 한 사람.

그 어떤 세력도 거느리지 않았고, 정착한 곳도 없었으며, 친구도 없이 늘 홀로 강호를 떠도는 방랑자.

그런 면에 있어서는 풍약헌과 기질이 가장 비슷한 사람으로 여겨지는 초절정고수.

괴팍한 성정과 제어할 수 없는 날카로움으로 인해 때로는 마도에 더 가까워 보이기도 하는 사람.

그래서 혹자는 정사 중간의 인물로 평가하기도 하는 흑풍객 장하륜이 나섰다.

그의 무공은 복잡했다. 권장법의 대가이면서 고절한 신법을 지녔고, 검법과 도법은 물론 창과 봉, 편, 금나 등 온갖 무예에 능했는데, 그 모든 것이 제각각 무적이라고 할 만큼 뛰어났다.

천하의 무공을 모두 섭렵한 것 같은 기이한 자였던 것이다.

그런 면에서도 그는 역시 풍약헌과 가장 닮아 있었다.

흑풍객 장하륜은 아무 말 없이 검을 들고 나섰고, 끝까지 검법으로 풍약헌을 몰아붙였다.

그리고 앞서의 일곱 사람보다 끈질기게, 오래 버텼다.

오십여 초 만에 부러진 검을 쥐고 물러났던 것이다.

흑풍객마저 패하자 사람들은 풍진걸개로 불리는 개방의 장로 양위허에게 모든 기대를 걸었다.

그는 홀로 천하를 떠돌며 온갖 기괴한 일을 벌이곤 하는 기인이자 천하제일고수라고 불리는 사람이었다.

그러나 그 양위허도 묵죽장(墨竹杖)을 집어던지고 말았다.

손오공을 비웃어줄 만하다던 그의 봉법도 풍약헌의 철장마륜(鐵杖魔輪)의 절기 앞에서 겨우 오십여 초를 버텼을 뿐이다.

그것을 지켜보던 사람들은 모두 경악을 금치 못했다.

더욱 놀라운 건 그가 이미 여덟 명의 절대자들과 목숨을 건 혈전을 벌이고 난 뒤라는 사실이었다.

그럼에도 불구하고 풍진걸개 양위허가 고작 오십여 초를 버티고 스스로 패배를 인정했다는 건 충격이었다.

이제 남은 희망은 단 한 사람에게 있을 뿐이었다.

그리고 그가 지금 마지막 대전을 준비하고 있다.

풍사곡주 위진평은 검법의 절세고수였다.

나이 서른 무렵에 이미 종사의 반열에 올랐을 만큼 뛰어난 검객인 것이다.

"시작하겠소."

그가 장중한 기색으로 엄숙하게 말했다.

그는 이번 싸움에 모든 것이 걸려 있다는 걸 잘 알았다. 이제는 십대고수 중 자기 혼자만 남아 있는 것이다.

이 싸움에서 진다면 마도천하의 도래를 막을 수 없을 것이다.

그러므로 기필코 이겨야 한다.

그런 부담감은 위진평의 어깨를 더욱 무겁게 했다.

그런 그의 눈에 풍약헌의 몸이 아주 잠깐 흔들 하고 흔들린 것같이 보였다.

그가 자신의 말에 대답하지 않았다는 사실을 떠올리며 위진평은 한 가닥 희망을 가졌다.

'이제는 지칠 때도 되었지. 내력이 고갈되었을 것이다. 억지로 태연한 척하고 있을 뿐 사실은 검을 들고 서 있을 힘조차 잃었을 것이다.'

그렇다면 승자는 자신이 될 것이라는 생각으로 위진평은 내력을 모두 끌어올렸다.

우우웅—

풍약헌을 가리키는 그의 검신이 터질 것처럼 진동하며 웅장한 용음을 터뜨렸다.

자잘한 초식 따위는 모두 생략한 채 오직 검강으로 승부를 내겠다는 것이다.

풍약헌도 천천히 검을 끌어올렸다.

그러자 창백한 그의 안색에 한 가닥 붉은 기운이 번지기 시작했다.

위진평은 그가 이 한 번의 싸움에 진원지기마저 아낌없이 끌어내고 있다는 걸 알았다.

그만큼 위태로운 처지라는 반증 아니랴.

"차합!"

그가 웅장한 기합성을 터뜨리며 그대로 검을 뿌렸다.

쉬아앙―

한 가닥 뜨겁고 맹렬한 검강이 뻗어 전면을 휩쓸어가고, 위진평이 그것을 따르듯 풍약헌에게 와락 달려들었다.

그의 부릅뜬 눈에 풍약헌이 입술을 악무는 게 보였다.

회심의 미소가 절로 떠오른다.

그리고 그 순간 풍약헌의 입에서 우렁찬 외침이 터져 나왔다.

"파황일기(破荒一氣)!"

번쩍!

콰르르르―

눈부시게 강렬한 빛 한줄기와 세상을 모두 태워 버릴 것처럼 쏟아져 나오는 맹렬한 열기 한 가닥.

그것이 위진평이 느낀 처음이자 마지막의 두려움이었다.

쾅!

천번지복의 굉음이 천궁봉을 뒤흔들었다.

콰드드드—

이미 아홉 차례의 대전으로 인해 갈라지고 터졌던 바위 조각들이 허공으로 솟구쳐 오르고, 거대한 암반의 한쪽이 모래성처럼 우수수 부서져 내렸다.

머릿속을 혼란하게 하는 그 엄청난 굉음과, 영혼마저도 짓눌러 버릴 듯이 쏟아져 오는 상상 불허의 압력.

'끝이야.'

위진평의 정신이 아뜩해졌다.

저도 모르게 온몸의 힘이 빠져 버리고, 질끈 눈을 감게 된다.

우르릉—

먼 골짜기에서 낮은 울림이 들려왔다.

굴러 떨어진 바위 조각들과 쏟아져 나간 기의 폭풍이 빠르게 가라앉고 있는 것이다.

그리고 세상이 멈추어 버린 것 같은 적막.

"아—"

한참 뒤에야 사람들의 입에서 일제히 절망에 찬 탄식이 터져 나왔다.

풍약헌의 검이 위진평의 가슴에 닿아 있었던 것이다.

위진평의 보검은 산산이 부서져 자루만 남아 있었다.

그의 안색이 죽은 자의 그것처럼 창백하게 질려 있었다.

생기를 잃은 눈으로 멍하니 풍약헌을 바라본다.

풍약헌의 입가로 가느다란 선혈 한줄기가 천천히 흘러내리고 있었다.

그는 전력을 다해 자신이 외쳤던 파황일기의 무시무시한 마공으로 위진평의 검강을 흩치고 호신강기마저 단번에 뚫어버렸던 것이다.

그리고 이제 손목에 조금만 힘을 주면 검은 위진평의 심장을 관통해 버릴 것이다.

"……!"

사람들의 부릅뜬 눈이 일제히 풍약헌에게 멎었다. 긴장으로 가슴이 터질 것 같았다.

"졌… 소."

졌소.

그 한마디가 위진평의 입에서 흘러나오자 사람들이 다시 '아!' 하고 절망의 탄식을 터뜨렸다.

위진평으로서는 그의 평생에 처음으로 내뱉는 한마디의 말이었다.

여태까지 한 번도 패배해 본 적이 없었던 것이다.

풍약헌의 창백한 얼굴에 한줄기 웃음이 떠올랐다.

천천히 검을 거둔다.

비틀.

위진평이 중심을 잃고 휘청거리다가 가까스로 버티고 섰다.

옷소매로 입가의 선열을 쓱 닦아낸 풍약헌이 빙긋 웃었다.

"약속을 지키시오."

"하—"

탄식하는 위진평의 눈이 다시 이글거리기 시작했다. 붉게 핏발까지 선 눈으로 풍약헌을 노려보기를 얼마쯤 했을까.

"하—"

그가 다시 한 번 탄식하고 품에서 천천히 자신의 신물을 꺼냈다.

그것은 하나의 작은 옥령(玉鈴)이었다.

딸랑—

손바닥 위에 올려놓자 작고 투명한 울림이 흘러나온다.

그때 위진평의 귓속으로 여러 사람이 일제히 떠들어대는 소리가 앵앵거리며 어지럽게 파고들었다.

나머지 아홉 명이 전음으로 서로 언쟁을 벌이기 시작했던 것이다. 위진평은 그들의 절규 같은 그 소리를 똑똑히 들었다.

[이대로 우리의 패배를 인정해야 한단 말인가?]

[저자도 지금쯤은 서 있기조차 힘들 만큼 기진했을 것이다. 이때에 일제히 들이쳐서 아예 죽여 버리는 게 현명한 일이야!]

[말도 안 되는 소리! 그래도 명색이 백도를 대표해서 온 우리 아닌가? 그런 짓을 한다면 마도의 무리와 다를 게 뭐란 말인가?]

[그렇다. 그렇게 야비한 짓을 한다는 건 패배보다 더 수치스런 짓이다!]

[나는 동의한다! 이대로 저놈을 놓아 보낸다면 평생 후회하게 될지도 몰라. 아니, 그럴 것이다!]

[맞다! 죽여 버리자. 우리만 입을 다물고 있으면 세상에서

이 일을 알 사람이 아무도 없지 않으냐?]

[그러고 나서 우리가 승리했다고 떠들어댈 셈이냐? 풍약헌을 죽였다고 자랑하겠다는 거냐? 흥, 나는 그런 짓을 할 수 없다!]

[위 형, 당신이 결정하시오. 당신이 손만 한번 뻗으면 될 것이오.]

결국 그 말로 모든 게 귀결되었다.

위진평은 제 귓속으로 파고든 그 전음성들이 누구의 것인지 잘 알 수 있었다.

마지막으로 자신에게 모든 짐을 떠넘긴 자가 을목장주 관패호라는 것도 똑똑히 알았다.

위진평의 머릿속에 온갖 생각이 복잡하게 얽히기 시작했다. 혼란스러워진다.

아무것도 모르는 듯 뒷짐마저 진 채 먼 하늘을 바라보며 오연히 서 있던 풍약헌의 눈길이 천천히 그런 위진평에게로 돌아왔다.

"상의들은 다 끝낸 거요?"

빙긋 웃는다.

마치 모든 걸 다 알고 있다는 것 같았다.

위진평의 얼굴이 부끄러움으로 붉어졌다.

그가 허공에 옥령을 띄웠다.

그것이 마치 살아 있는 나비라도 되는 것처럼 천천히 허공을 가로질러 풍약헌에게로 날아갔다.

풍약헌이 가볍게 손을 뻗어 그것을 잡는 것으로 모든 상황이 끝났다.

열 명의 절대자들이 완벽하게 패배한 것이다.

풍약헌은 그들과 싸우며 열 개의 서로 다른 절기를 썼다.

그리고 매번 상대에게 자신이 쓸 절기를 큰 소리로 외쳐 주었다.

그렇게 열 번 외쳤고, 열 번 모두 이긴 것이다.

모두는 그가 어떤 절기를 사용하리라는 걸 알았지만 그것뿐이었다.

풍약헌은 열 사람 모두를 죽일 수도 있었다.

하지만 위진평과의 싸움에서 보여주었듯이, 자신의 내력이 극심하게 소모된다는 걸 알면서도 매번 마지막 순간에 손을 멈추었다.

살려준 것이다.

백도의 십천으로 불리는 열 명의 절대자들.

그들은 그래서 더 큰 치욕과 좌절을 느껴야 했다.

불과 한나절의 싸움이었을 뿐이다.

그 한나절 동안에 자신들이 평생 이루어온 명성이 와르르 무너지고 말았다. 그처럼 허무할 수가 없었다.

풍약헌이 오연한 모습으로 비탄에 잠겨 있는 그들을 한 사람씩 둘러보고 나서 말했다.

"불만이 있는 사람은 다시 시도해 봐도 좋소."

"……."

오만이 극에 다다른 말이었지만 아무도 그것에 대해 분노하는 사람이 없었다.

풍약헌이 위진평에게서 받은 옥령을 가죽 주머니에 넣고 그것을 높이 들어 보였다.

그 안에는 열 명의 절대자들에게서 받은 그들의 신물 열 가지가 들어 있었다.

"나와 한 약속을 잊지 마시오."

자신들의 신물이 들어 있는 가죽 주머니를 바라보는 열 사람에겐 하나같이 착잡한 기색이 가득했다.

풍진걸개 양위허가 그답지 않게 잔뜩 풀이 죽은 음성으로 물었다.

"자네는 나에게 언제쯤 한 가지 일을 부탁할 건가? 나는 빨리 나의 신물을 되찾고 싶네."

풍약헌이 빙그레 웃었다.

"곧 때가 오겠지요. 당신이 늙어 죽기 전에 부탁을 해야 할 테니 아마도 다른 사람보다 가장 먼저 신물을 되찾게 될 것 같소이다."

십천 중 제일 연장자인 풍진걸개가 한숨을 쉬었다.

"기다리고 있겠네."

이 싸움의 방식은 십천이 결정했다.

한 사람씩 차례로 싸우되 열 명 중 누가 되었든 한 번만 승리해도 십천 전체가 승리한 것으로 결정하자는 것이었다.

　말도 안 되는 불리한 조건이었지만 풍약헌은 그저 빙긋 웃었다.

　그리고 그들의 방식을 받아들이는 대신 한 가지 조건을 제시했다.

　섭천이 승리하면 자기는 그들의 손에 죽을 테니 아무 문제가 될 게 없다. 그러나 자기가 승리하면 그들은 각자의 신물 한 가지씩을 내놓는다는 조건이었다.

　신물이란 곧 자기 자신과 같은 것이다. 자신을 나타내 보여주는 상징이기 때문이다.

　그러므로 그것을 빼앗긴다는 건 풍약헌의 포로가 된다는 것과 다름없었다.

　차라리 목숨을 내놓을지언정 그와 같은 모욕은 참지 못하는 게 강호의 고수들이 가진 자존심이었다.

　더욱이 그들은 백도십천으로 불리는 절대자들 아닌가.

　하지만 자신들이 제시한 싸움의 방식을 풍약헌이 호쾌하게 받아들인 이상 그가 내놓은 조건을 거부할 수가 없었다.

　풍약헌은 자신이 이겨서 신물을 빼앗아 갖는다고 해도 철저하게 비밀을 지켜주겠다는 약속을 함으로써 그들의 자존심을 최대한 존중해 주었다.

　또한 그것을 되찾아갈 수 있는 방법도 제시했다.

　언제든 그 신물을 가지고 찾아오는 자가 있으면 그 사람의 한 가지 부탁을 들어주라는 것이다. 그러면 대가로 자신의 신물을 돌려받을 수 있다.

십천이 풍약헌의 그런 제안을 받아들인 건 자신들이 절대로 질 리가 없다고 생각했기 때문이다.

풍약헌은 열 번 싸워서 모두 이겨야 하지만 자신들은 누가 되었든 한 명만 승리하면 되는 것 아닌가.

그런 자신들의 조건을 아무 말 없이 받아들인 풍약헌의 자만심을 비웃기도 했다.

필승을 자신했기에 그의 조건을 수락했는데 이제는 그것이 자신들의 발목을 죄는 족쇄가 되어 돌아왔다.

물론 풍약헌은 약속대로 비밀을 철저하게 지켜줄 것이다.

그러나 누군가가 신물을 내밀고 한 가지 부탁을 해올 때까지는 노심초사하며 지낼 수밖에 없다.

그가 어떤 엉뚱한 요구를 해올지 모르지 않는가.

풍약헌이 고개를 까닥여 그들 모두에게 인사를 하고 돌아섰다.

천천히 천궁봉을 내려가기 시작한다.

그의 모습이 숲에 가려져 보이지 않게 될 때까지 열 사람의 절대자는 너럭바위 위에서 꼼짝도 하지 않았다.

날이 완전히 어두워졌고, 골짜기에서 달려 올라온 찬바람이 옷자락을 마구 펄럭이게 할 무렵에야 그들은 한차례 부르르 몸을 떨고 서로 바라보았다.

"휴—"

열 개의 입에서 동시에 땅이 꺼질 것 같은 한숨이 흘러나

왔다.

　그리고 각자 아무 말도 없이 돌아섰다.

　처음부터 모르는 사람들이었던 것처럼 뿔뿔이 흩어져 사라지고, 천궁봉 정상의 너럭바위 위에는 태고의 고요가 다시 찾아왔다.

　그날의 싸움에 대해서 세상 사람들은 아무도 그 결과를 알지 못했다.

　하지만 입에서 입으로 천궁봉의 대전에 대한 소문들이 퍼져 나갔고, 결과는 십천의 승리라고 믿게 되었다.

　풍약헌의 모습이 그날 이후 강호에서 완전히 사라졌기 때문이다.

　사람들은 그가 백도십천에게 패해 죽었을 것이라고 믿었다.

　아니더라도 회복 불능의 중상을 입었으리라고 추측했다.

　그랬기에 강호를 떠난 것 아니겠는가.

　풍약헌이 그렇게 모습을 감춘 것과 함께 그의 후광을 입고 득세하던 마교 홍안적성의 무시무시한 마인들도 일제히 중원을 떠나 새외로 사라졌다.

　그 사실도 십천의 승리에 대한 추측을 뒷받침해 주었다.

　사람들은 열광했다.

　백도의 십천이야말로 진정한 영웅이라고 한입처럼 떠들어 댔다.

　그들에 대한 숭배가 절정에 이르렀다.

그러던 사람들이 어리둥절해졌다.

풍약헌이 사라진 지 얼마 지나지 않아서 이번에는 그들 열 명의 절대자가 약속이라도 한 듯이 은퇴를 선언하고 강호에서 물러났기 때문이다.

그들은 각자의 문파나 장원, 집에 틀어박혀 꼼짝도 하지 않았다.

바깥출입을 하지 않는 건 물론, 일체의 외부인 접견을 거절했고, 강호에 어떠한 일이 있어도 결코 참견하지 않았다.

말 그대로 철저한 칩거에 들어간 것이다.

또한 사문을 떠나 어디론가 사라져 행방을 알 수 없게 된 몇 사람도 있었다.

사람들은 영문을 몰라 어리둥절했지만 굳이 그 이유를 알려고 하지 않았다.

이미 절대천마 풍약헌과 그를 추종하던 홍안적성의 무리가 사라진 이상 십천은 더 필요하지 않았던 것이다.

그래서 그들의 존재는 사람들의 기억 속에서 조금씩 흐려져 갔다.

오직 풍약헌이라는 한 사람에 대한 말들만 전설이 되어 떠돌았을 뿐이다.

그렇게 십오 년의 세월이 흘러갔다.

강호는 그 어느 때보다 한가로웠다.

태평천하가 유지되었던 것이다.

　구파일방은 원래의 체통과 위엄을 되찾았고, 백도의 명숙들
은 그들의 존엄과 권위를 회복했다.
　바야흐로 백도의 최대 전성기가 도래한 것처럼 보이는 그런
시절이었다.
　그리고 그 시절의 종말이 멀지 않았음을 알리는 작은 사건
이 강호의 변방, 누구도 신경조차 쓰지 않는 사천의 오지에서
꿈틀거렸다.
　만년설을 이고 있는 민산(岷山)의 웅장한 자태가 멀리 바라
보이는 곳.
　성도에서 북쪽으로 일천리나 떨어진 송번고성(松藩古城)에
서였다.

第二章
무정무한(無情無恨)

마룡의 후예

"어머니는 좀 어떠셔?"

도리질하는 소녀, 아니, 계집아이의 얼굴이 어두워졌다.

염소정(廉素情).

열 살의 계집아이인데, 창백한 얼굴이 푸석푸석했다.

제대로 먹지 못해서인지 애처로울 만큼 마른 몸이 작아서 제 나이보다 두어 살이나 어려 보인다.

부스스한 머리카락과 꾀죄죄한 옷에서 신 냄새가 났다.

어두컴컴한 방 안을 둘러본 사내아이가 눈살을 찌푸렸다.

고약한 냄새가 배어 있었던 것이다.

그는 단운도(段雲道)라는 이름을 가진 열다섯 살의 소년이 었다.

아니, 소년이라고도 청년이라고도 할 수 없는 애매한 나이의 사내 녀석인 것이다.

희고 깨끗한 얼굴에 부리부리한 눈, 굵은 눈썹과 우뚝한 콧날.

붉은 입술이 곱고 그 안의 하얀 치아가 가지런하다.

용모만으로 보자면 틀림없이 선동(仙童)의 귀품을 가진 동안(童顔)이었다.

어느 귀족의 후예라고 해도 무리가 없을 것이다.

하지만 그는 자신의 사부와 둘이서 이 깊은 산골 오지 마을에 붙어사는 처지에 불과했다.

"공기가 이렇게 안 좋으면 병이 잘 낫지 않아. 도대체 환기는 언제 시킨 거야?"

도리도리—

계집아이는 퀭한 눈으로 소년의 눈치를 보기만 할 뿐 당최 입을 열지 않았다.

모든 일에 자신감을 잃고 주눅이 들어 있는 불쌍한 아이였다.

제 운명을 두려워하며 떠는 것이리라.

"안 되겠다. 먼저 청소부터 해야겠어."

소년이 방문을 활짝 열어젖혔다.

꼭꼭 닫혀 있던 작은 창문도 열었다.

비로소 바깥의 청량한 공기와 햇빛이 왈칵 몰려들어 음침하던 실내의 어둠을 몰아냈다.

저쪽 구석의 침상에는 아이의 어머니가 낡은 이불을 덮고 누워 있었다.

단운도를 바라보는 눈가에 눈물이 맺힌다.

병들기 전, 그녀는 산골의 여인답지 않게 고운 용모와 기품 있는 분위기를 지닌 아낙이었다.

남편의 성이 염 씨였으므로 사람들은 모두 그녀를 염 부인이라고 불렀을 뿐 그녀의 성이 무엇인지, 이름이 무엇인지 알지 못했다.

이런 심심산골에서 농사일이나 하며 살 사람으로 보이지 않는 염 부인에 대해서 다들 궁금해했지만 그녀는 제 사연에 대해서 한마디도 하지 않았던 것이다.

몸이 병들어 드러눕고 나서는 더욱 입을 굳게 다물고만 있었다. 마치 원래 말을 할 줄 모르는 사람인 것 같았다.

운도가 이불을 걷어내고 그녀를 부축해 일으켰다. 허깨비처럼 가볍다.

"아주머니도 햇볕을 좀 쬐시는 게 좋을 거예요. 기분도 한결 나아지거든요."

마당에는 초여름의 따가운 햇볕이 폭포수처럼 쏟아지고 있었다.

삐걱거리는 나무 의자 위에 그녀를 앉힌 운도가 눈살을 찌푸렸다.

그녀를 부축해 나올 때부터 몸에서 나는 악취 때문에 머리가 아플 지경이었던 것이다.

대체 목욕은 언제 시킨 건지…….

아무래도 저렇게 작고 맥없는 소정이 빨래를 하고 어머니를 목욕시켜 드리기에는 무리였으리라.

"걸레를 빨아다 줄래?"

눈치를 보던 소정이 우물가로 쪼르르 달려가는 걸 보면서 운도는 가슴이 아팠다.

우선 안에 있는 옷들을 죄다 꺼내 마당에 쌓아두고 이불을 걷어 햇빛 잘 드는 곳에 펼쳤다.

구석구석 먼지를 깨끗하게 쓸어냈을 때 소정이 걸레를 가지고 들어왔다.

"내가… 할까?"

들어오지 못하고 문가에 서서 머뭇거린다.

운도가 이마의 땀을 훔치며 빙긋 웃었다.

"그럴 것 없어. 밥을 할 줄은 알지?"

"응."

"내가 쌀을 조금 가지고 왔다. 주방에 두었으니까 너는 밥을 지어."

그 말에 소정의 눈이 반짝였다.

주방으로 달려가는 아이를 보면서 운도는 다시 가슴이 아팠다.

제가 찾아오지 않았던 지난 사흘 동안 제대로 먹지 못했던 게 틀림없다.

운도의 집에서 두어 마장 떨어진 곳이었다.

마을에서도 뚝 떨어진 외진 곳의 낡고 허름한 초가집에 두 모녀만 살고 있었던 것이다.

가장이 있었을 때에는 그래도 먹고사는 데에 걱정이 없었는데, 아버지가 군역에 나가 죽고 난 뒤로부터 가세가 급격히 기울어 지금은 끼니를 거르는 게 예사가 되었다.

작년부터 어머니마저 병으로 눕게 되자 더욱 형편이 어려워졌다.

그때부터 소정은 말이 없어졌다.

재재거리고 웃고 떠들며 마을 아이들과 어울려 들로 개울로 뛰어다니던 댕기머리의 어린 계집아이를 이제는 골목 어디에서도 찾아볼 수 없게 된 것이다.

아이는 제 어머니 곁에만 붙어 있었다.

그러나 그 어린 것이 제대로 병간호를 하고, 제대로 밥을 지어 먹을 수 있을 것인가.

그때부터 운도가 틈틈이 찾아와 이렇게 청소며 빨래를 해주고, 쌀과 부식을 가져다주곤 했다.

그러나 운도 역시 고작 열다섯 살의 소년에 지나지 않는다.

그가 도움을 준다고 해도 그것이 어찌 두 모녀를 만족시킬 수 있으랴만, 그나마 소정에게는 운도가 찾아와 주는 날이 잔칫날이나 마찬가지였다.

늘 사부님의 식사며 빨래, 청소를 해오며 자란 운도였다. 이까짓 코딱지만 한 집의 일을 해치우는 건 문제도 아니다.

후딱 방청소를 마치고 난 운도가 빨랫거리를 물에 푹 담가

놓은 다음 주방에 들어가 소정을 도와 식사 준비를 했다.

고기와 야채도 준비해 온 터라 두 사람이 한 닷새는 먹을 만했다.

지지고 볶는 운도의 솜씨를 바라보던 소정이 눈을 동그랗게 뜨고 비로소 기쁜 소리를 냈다.

"어머, 오빠는 정말 대단해. 요리사를 해도 되겠어."

"어때? 맛있는 냄새가 나지?"

"어서 줘. 나 배고파."

"조금만 기다려. 아직 덜되었으니까. 내가 반찬을 마저 만드는 동안 너는 어머니를 씻겨 드리는 게 어떻겠니?"

"알았어. 맛있게 만들어줘야 해? 난 많이 먹을 거야. 그래서 얼른 오빠만큼 클 거야."

"그래. 얼른 커서 튼튼하고 좋은 남자한테 시집가야지."

"핏, 난 오빠한테만 시집갈 거다, 뭐."

"뭐라고? 아니, 요런 조그만 것이?"

운도가 어이없어하자 혀를 내밀어 보인 소정이 밖으로 후다닥 달아났다.

피식 웃은 운도가 이내 우울하게 중얼거렸다.

"사부님이 도와주신다면 아주머니가 곧 건강을 찾을 수 있을 텐데……."

사부라면 운기도인(運氣導引)의 수법으로 병자의 막힌 혈을 소통하게 하고 원기를 이끌어내 주는 일쯤은 쉽게 할 수 있을 것이라고 믿었다.

그렇게 해서 일단 원기가 살아난다면 자잘한 병이야 스스로
의 치유 능력에 맡기면 된다.

완쾌되지는 않는다고 해도 소정의 어머니가 적어도 지금보
다 나빠지지는 않을 것 아닌가.

하지만 운도는 사부님에게 그런 부탁을 할 수가 없었다.

그게 안타깝기만 했다.

등 선생은 자기의 무공을 절대로 드러내는 법이 없었던 것
이다.

심지어 운도에게조차 자신의 무공이 어떤 것인지 보여주지
않았다.

그러니 나서서 소정의 어머니를 치료해 줄 리가 없다.

제가 했으면 좋으련만 운도는 아직 운기도인의 수법을 모를
뿐더러 자신의 내공이 그만한 경지에 오르지 못했다는 걸 잘
알고 있었다.

그래서 더욱 안타깝다.

내 능력이 부족해 남을 도와줄 수 없다는 게 이처럼 괴로운
일일 줄이야.

소정의 어머니 염 부인을 볼 때마다 운도는 마치 죄지은 것
만 같아서 마음이 편치 못했다.

오늘도 역시 그렇다.

"의원이라도 불러오는 수밖에."

운도가 쓴 입맛을 다시고 중얼거렸다.

"송번성에 다녀올 때가 되었구나."

그곳에 가야 의원을 불러올 수가 있는 것이다.

*　　　*　　　*

운도가 빨래까지 다 마치고 집으로 돌아왔을 때는 이미 날이 어둑해져 갈 무렵이었다.

하루 종일 소정의 집에서 보낸 것이다.

급하게 사부님의 저녁 식사를 챙겨 드리고 나자 온몸에 피곤이 밀려들었다.

사부가 그런 운도를 불러 앉혔다.

무정무한(無情無恨).

지루할 만큼 긴 시간 동안 침묵을 지키던 사부가 화선지에 그 넉 자를 썼다.

한순간에 휘갈기듯 써버린 것이다.

졸음과 치열한 싸움을 하고 있던 운도가 눈을 동그랗게 떴다.

눈처럼 흰 화선지 위에 막 새겨진 그 짙은 먹빛이 눈을 아프게 찌른다.

운도가 알 수 없다는 얼굴로 화선지를 보고 사부를 보았다.

등 선생(鄧先生).

그는 이곳 송번성에 속한 화량촌(華良村)의 촌민들이 모두

공경하는 사람이었다.

그의 이름을 아는 사람은 없었다. 그저 모두 등 선생이라고 만 부를 뿐이다.

그는 오십은 넘었고, 육십은 채 되지 않아 보이는 나이의 청수한 선비였다.

언제나 깨끗하게 손질된 흰옷만을 입었고, 그 나이에는 이르다고 해야 할 만큼 머리카락과 수염이 온통 희었다.

마른 체격에 훌쩍 큰 키를 가지고 있어서 그가 마당에 우뚝 서서 달이라도 바라보고 있을 양이면 마치 선학(仙鶴) 한 마리가 내려와 있는 것 같았다.

언제나 조용한 음성으로 느릿느릿 말했는데, 굵은 거문고 줄을 튕기는 것처럼 부드럽고 무거웠다.

“운도야.”

“예?”

“이 글의 의미를 알겠느냐?”

“…….”

고개를 가로젓는 소년 단운도를 지그시 바라보던 등 선생이 예의 그 낮고 무거우며 부드러운 음성으로 나직하게 말했다.

“무정하면 한을 남기지 않게 되느니라.”

“하지만 사부님은 늘 사람에게는 따뜻한 정이 있어야 한다고 말씀하셨잖아요?”

“하—”

운도의 말에 등 선생이 한숨을 쉬었다.

멍하니 어린 제자의 머리 위 허공을 바라보는 눈길에 회한의 기색이 가득한 것이어서 운도는 더욱 의아해졌다.

둥 선생이 다시 느릿느릿 말했다.

"세상의 삶이란 이와 같다는 것을 너도 이제는 알 때가 되었지."

"그 말씀은……."

"명심하여라. 무정무한. 이 말을 앞으로는 평생 네 가슴에 품고 살아야 할 것이다."

운도는 사부가 오늘따라 이상하다고 생각했다.

"언젠가는 내 말이 옳았다는 걸 느끼게 될 날이 있을 것이다."

그리고 무거운 침묵.

십여 년이 넘도록 붙어산 사부가 그 순간만큼은 낯선 사람처럼 느껴졌다. 무섭기도 하다.

운도는 제 부모를 몰랐다.

그러므로 제 성이 단 씨인지도 확실치 않다.

어렸을 때부터 사부가 그렇게 이름을 지어 불렀을 뿐이다.

언제부터, 왜, 어떻게 해서 사부와 함께 살게 되었는지도 알지 못한다.

너무 어렸을 때의 기억이라 생각해 낼 수 없는 것이다.

언젠가 칭얼거리며 물었을 때, 사부는 그가 갓난아이였을 때부터 손수 젖을 얻어 먹이며 키웠다고 했다.

그 이후로 운도는 더 이상 제 부모에 대해서 생각하지 않았다.

사부가 아버지이면서 스승이기도 한 것이다.

그런데 지금은 전혀 다른 사람을 대하고 있는 것처럼 낯설기만 했다.

등 선생이 지그시 감고 있던 눈을 뜨더니 불쑥 말했다.

"검법은 얼마나 익숙해졌느냐?"

"잠을 자면서 꿈에서도 초식을 떠올릴 만큼이요."

"어디, 한번 보자꾸나."

달빛이 가득 쏟아져 내리고 있는 텅 빈 마당 가운데 소년이 우뚝 섰다.

손에는 새파랗게 날이 살아 있는 청강장검 한 자루를 쥐었는데, 노란 수실이 길게 늘어져 땅에 끌릴 듯했다.

운도는 다섯 살이 되어서부터 사부에게서 하나의 검법을 배우기 시작했다.

그러니 지난 십 년 동안 오직 한 가지 검법만을 배우고 익힌 것이다.

꾸벅.

사부에게 인사를 한 운도가 검법을 펼쳐 보이기 시작했다.

새하얀 검신이 달빛을 튕겨내며 번쩍이는 빛을 사방에 뿌린다.

등 선생은 마루에 앉아 그런 단운도를 바라보고 있었다. 무심하기만 한 얼굴이다.

제일초 일기승천(一氣昇天)에 이어 이초인 응기상운(凝氣像

雲)에 이르더니 삼초인 청풍도운(淸風導雲)과 사초 풍운만천(風雲滿天)에 이르자 번쩍이는 검광이 사방을 휘황찬란하게 뒤덮었다. 마치 촘촘한 그물을 활짝 펼쳐 허공에 던진 것 같았다.

그리고 오초인 풍우세간(風雨世間)에 이르러서는 그때까지의 무겁고 장중하며 순수하던 검법이 돌변했다.

쐐애액—

날카로운 파공성을 내며 쏟아지는 검기는 먹구름이 기어이 거센 빗줄기를 퍼부어대는 것 같았다.

갑자기 들이친 폭풍우가 세상을 휩쓸어가는 것처럼 느껴진다.

검법은 더욱 무시무시해져서 육초인 운비광풍(雲飛狂風)에 이르자 달빛마저도 사라져 버렸다.

바람을 찢는 파공성조차 들리지 않았다.

허공을 가르는 검봉의 무시무시한 기세가 삼켜 버린 것이다.

그래서 고요한 중에 눈부시게 번쩍이는 검광만이 마당에 가득했다.

그것을 바라보는 등 선생의 눈에 번쩍이는 신광이 이글거렸다.

운도는 제가 펼치는 검법에 몰입하여 스스로를 잊고 있었다.

세상의 번잡한 모든 일과 생사의 복잡하고 미묘한 갈등마저도 오직 한 가닥의 검로에 실어 허공에 흩뿌릴 뿐이다.

무아지경.

그 속에서 마지막 초식인 제칠초 풍운적멸(風雲寂滅)이 펼쳐졌다.

고오오오—

허공에 한 가닥 검음(劍音)이 실리고, 그것이 철금의 현을 퉁긴 것처럼 공기를 진동시켰다.

그 울림이 파도가 되어 사방으로 밀려 나간다.

우르르르—

운도를 중심으로 하여 동심원을 그리듯 퍼져 나간 기파가 청명당(淸明堂)의 기둥을 흔들었다.

마룻장이 삐걱거리고 서까래가 진동하며 먼지가 우수수 쏟아졌다.

그 소란의 복판에서 단운도는 검을 곧게 뻗은 채 움직임을 멈추고 있었다.

등 선생의 가슴을 가리키고 있는 검봉이 파르르 떨린다.

"으음—"

한참 만에야 등 선생이 탄식 같기도 하고 신음성 같기도 한 소리를 흘렸다.

비로소 검을 거둔 운도가 장중한 기세를 갈무리하고 고개 숙여 인사를 드렸다.

"아직 많이 부족합니다."

겸손의 말이다.

등 선생이 여전히 무겁도록 엄숙한 안색을 한 채 머리를 가로저었다.

"그렇지 않다. 너의 풍운검법은 이제 완벽해졌구나. 단지 내력이 부족해서 본래의 검법이 지니고 있는 힘을 십분 끄집어내지 못할 뿐이지. 하지만 그것이야 서두른다고 될 일이 아니니 어쩔 수 없구나."

"모두 사부님의 가르치심 덕입니다."

"풍운검법이 비록 절기이기는 하지만 세상에는 그보다 뛰어난 검법이 얼마든지 있고, 너보다 훌륭한 검사들이 모래알처럼 많다는 걸 잊지 말아야 하느니라."

"명심하겠습니다."

"내가 지난 십 년 동안 너에게 그 검법만을 가르쳐 주고 익히도록 한 건 너의 기틀을 다져 주기 위한 것이다. 너는 행여 풍운검법을 믿고 교만해져서는 안 될 것이다."

"명심하겠습니다."

소년은 청명당 안에서 하품을 하던 그 단운도가 아닌 것 같았고, 등 선생 또한 엄숙하고 위엄이 철철 넘쳐흐르는 모습이 평소의 자애롭던 등 선생이 아닌 것 같았다.

"또 한 가지. 목숨이 위급한 지경이 아니라면 절대로 너는 그 검법을 함부로 자랑해 보여서는 안 되느니라."

벌써 여러 번 들은 말이다.

"재삼 명심하겠습니다. 밖에서는 절대로 검법을 펼쳐 보이지 않도록 하지요."

"그리고……"

“예?”

등 선생이 지그시 바라보며 입을 다물었으므로 운도는 또 꾸지람 들을 일이 있구나 하는 생각에 잔뜩 긴장했다.

그러나 등 선생의 입에서 나온 말은 뜻밖의 것이었다.

“오늘 소정이의 집에 다녀왔느냐?”

“예, 그렇습니다만…….”

“쓸데없는 짓이다.”

“예?”

“무정하지 못함으로 인해 너는 벌써 한 계집아이에게 한의 뿌리를 남겨주고 있느니라. 그걸 모르겠느냐?”

“그건…….”

“너는 이곳에서 오래 살 사람이 아니다. 이곳을 떠날 때가 되면 그 아이는 어찌할 생각이냐?”

“하지만 여태까지 죽 살아왔지 않습니까?”

말을 해놓고 나서 운도는 아차 하고 후회했다.

감히 사부님의 말에 대꾸를 하다니.

지그시 바라보는 등 선생의 눈길이 회초리보다 무서워서 고개를 푹 숙이고 말았다.

“게다가 소정이 어미의 병은 의원이 고칠 병이 아니다.”

“사부님.”

입술을 질끈 깨물었던 운도가 결심한 듯 고개를 들고 등 선생을 바라보았다.

“사부님께서는 소정이의 어머니를 치료해 주실 수 있지 않습니까? 저는 사부님께서 하지 못하실 일이 없다고 믿습니다."

가엾다는 듯 운도를 바라보던 등 선생이 혀를 찼다.

"나의 능력이 대단하다고 한들 어찌 하늘이 정해준 인간의 수명을 늘리고 줄일 수 있단 말이냐? 그 여인의 병은 이미 골수에 스며들어 아무리 좋은 약을 먹이고 침을 맞게 해도 앞으로 며칠을 넘기기 힘드니라."

운도는 사부가 벌써 소정이 어머니의 상태를 파악하고 있다는 걸 알았다.

'며칠밖에 살지 못하다니, 그럼 그다음에는?'

갑자기 막막해졌다.

그 어린 소정이 어머니마저 여의고 나면 대체 누구를 의지하고 산단 말인가.

아직 혼자서는 제 몸 하나 제대로 건사할 수 없는 어린 계집애 아닌가 하고 생각하자 소정에 대한 안타까움 때문에 가슴이 아팠다.

입술을 잘근잘근 깨물고 있던 운도가 혼날 걸 결심하고 사부에게 말했다.

"사부님이 내력으로 그녀의 폐혈을 뚫어주고 도인법으로 원기를 이끌어내 준다면 더 오래 살 수 있지 않겠습니까? 그렇게 해주실 수 없나요?"

"소용없다."

사부가 딱 잘라 말했으므로 운도는 다시 고개를 푹 숙이고 말았다.

"이제 그만 들어가 쉬도록 하여라."

"휴—"

땅이 꺼지도록 한숨을 쉰 단운도가 안녕히 주무시라고 고개 숙여 인사하고 제 처소로 사라진다.

그 뒷모습을 바라보던 등 선생의 얼굴이 어두워졌다. 그리고 불쑥 의미를 알 수 없는 말을 중얼거렸다.

"소정이의 처지도 불쌍하지만 나에게는 너의 처지가 더 안타깝구나."

무엇을 깊이 생각하는 듯 고개를 숙이고 있던 등 선생이 다시 탄식했다. 얼굴에 갈등하는 기색이 가득하다.

"이제 곧 모든 게 드러나게 될 텐데, 그들이 이 사실을 알면 나를 원망하겠지. 죽이려고 할지도 모르겠군. 아니, 그런 건 두렵지 않다. 운도가, 운도가……."

알 수 없는 말을 중얼거린 등 선생이 고뇌 가득한 얼굴을 했다.

"그 아이가 나를 얼마나 원망할 것인가. 하— 이 문제는 정말 어렵구나. 무정무한. 그 말은 바로 나에게 해주어야 하는 말이거늘……. 정이 나에게 이처럼 깊은 괴로움을 가져다주었으니 누구를 원망하리오."

고개를 들어 검은 하늘을 바라보는 등 선생은 마치 세상의 모든 근심과 걱정을 한 몸에 짊어진 사람 같았다.

"휴— 이것이 과연 누구에게 복이 되고 누구에게 화가 될지는 나도 모르겠구나. 오직 하늘이 정해준 운명에 맡길 수밖에.”

*　　　*　　　*

송번성에는 명물이 한 명 있었다.

그곳에 거주하고 있는 자들은 아이부터 어른까지 그를 모르는 자가 없었고, 처음 온 자라 할지라도 한나절이 지나기 전에 그를 알게 되었다.

그러므로 송번성에서 그를 모른다고 하면 바보 취급을 받았다.

쾌도왕(快刀王).

낯선 자는 그 별칭을 듣고 어리둥절해하기 일쑤였다.

별칭만으로 보자면 마치 강호의 무서운 고수와 다름없기 때문이다.

쾌도왕.

하지만 그것은 강호의 도왕을 일컫는 말이 아니었다.

〈쾌도왕〉이라는 이상한 간판을 건 푸줏간의 주인을 부르는 말일 뿐이다.

그는 사십대의 건장한 텁석부리 장한이었다.

갈(鞨) 씨 성을 쓰고 있는 걸로 보아 한족이 아니라는 건 분명했다.

동북쪽 말갈 계통의 족보를 가지고 있는 자일 것이다.

본래의 이름은 갈포참(鞨抱懺)인데 그 이름을 아는 사람들이 아무도 없었다.

모두 그를 '쾌도왕'이라고 부르기 때문이다.

그는 일견 산적처럼 생긴 자였다.

커다란 체구는 곰을 닮았고, 부리부리한 눈과 쭉 찢어진 입, 퉁방울 같은 코와 툭 튀어나온 광대뼈 하며, 턱을 온통 뒤덮고 있는 뻣뻣한 검은 수염은 보는 사람들의 기를 질리게 할 만했다.

숲에서 불쑥 마주친다면 누구나 산적 중에서도 가장 흉악하고 포악한 자라고 여길 것이다.

하지만 그는 순박하기 짝이 없는 푸줏간의 주인에 지나지 않았다.

송번성 안에 뻔뻔하게도 〈쾌도왕〉이라는 낡은 현판을 내걸고 양고기와 말고기, 소고기, 돼지고기를 파는 홀아비인 것이다.

그 현판 때문에 사람들이 그를 쾌도왕이라고 부르는 것이다.

그는 언제나 히죽히죽 웃었다.

누가 보고 있어도 웃었고, 보는 사람이 없어도 웃었다.

욕을 해도 웃었고, 골목 안 개구쟁이들이 흙을 뿌리며 놀려대도 늘 히죽히죽 웃기만 했다.

낯선 사람들은 처음에 그의 험상궂은 용모에 놀란 가슴을 쓸어내렸다가 그의 실없는 웃음에 눈살을 찌푸리기 일쑤였다.

그러다가 버럭 화를 내기도 했는데, 쾌도왕이 저를 비웃는다고 오해하기 때문이다.

그가 쾌도왕이라고 불리는 데에는 푸줏간에 내건 간판 말고도 이유가 또 있었다.

바로 고기를 썰고 다지며 뼈를 발라내는 놀라운 칼솜씨가 그것이다.

칼을 쥐고 살을 다져 낼 때는 어찌나 빠르고 정확한지 떨어지는 칼이 눈에 보이지 않을 정도였다.

얇은 칼을 쥐고 고기를 발라낼 때도 눈이 휘둥그레질 만큼 놀라운 솜씨를 발휘했다.

그 재빠른 손놀림과 정확한 칼질 솜씨는 하늘이 낸 천부적인 재주인 것만 같았다.

힘 또한 장사여서 이백 근이나 나가는 돼지를 이웃집 꼬마놈 어르듯이 번쩍번쩍 들어 옮겼다.

그는 늘 거무튀튀한 낡은 마의를 입고 있었다. 원래는 흰 것이었는데 짐승의 피에 물들어 그렇게 된 것이다.

한 번도 빨아 입지 않았는지, 피와 기름에 절어서 반질거리고 뻣뻣하기가 마치 철판을 두른 것 같았다.

그의 몸에서는 언제나 역겨운 비린내가 났다.

살이 발리고 다져진 짐승들의 고기 냄새가 배어 있는 것이다.

그것은 냉랭한 죽음의 냄새이기도 했다.

그래서 사람들은 그에게 가까이 가려고 하지 않았다. 그가 다가오면 다들 코를 쥐고 달아나기 바쁘다.

　그러나 쾌도왕은 그런 사람들을 조금도 원망하거나 미워하지 않았다.

　언제나 바보처럼 히죽히죽 웃을 뿐이다.

　송번성 중의 남통로는 항상 사람들로 북적였다.

　그중 칠팔 할이 강족이나 장족이었고 한족은 몇 되지 않았는데, 그건 그곳이 원래 강족의 땅이기 때문이었다.

　당나라 때에 한족이 이곳까지 쳐들어와 성을 쌓은 뒤부터 강족과 한족의 경계를 이루는 변경이 된 것이다.

　중원에서도 서북쪽으로 한참 치우친 오지이면서, 늘 흰 눈을 이고 있는 높은 산들로 둘러싸인 송번성은 강족과 한족들 사이에 상거래가 활발하게 이루어지는 곳이기도 했다.

　한족들은 중원에서 가져온 화려한 장신구와 비단, 차 등을 팔았고, 강족들로부터 약재와 모피, 보석류를 구입해 갔다.

　그러므로 언제나 사람들로 북새통을 이루었는데, 그 남통로에서도 가장 유명한 곳이 바로 갈포참이 운영하는 푸줏간, 〈쾌도왕〉이었다.

　그의 명성 때문이다.

　하지만 그게 자랑스러운 건 결코 아니었다.

　그가 송번성 제일의 바보라는 명성이고, 곰 같은 체구에 걸맞게 멍청하다는 명성이기 때문이다.

　게다가 그런 것들과는 전혀 다른 쾌도 솜씨 때문에 그는 더욱 유명했다.

그가 고기를 바른다는 소식이 들리면 그의 푸줏간 앞에는 구경하려는 사람들이 구름처럼 모여들었다.

그러면 쾌도왕은 더욱 신이 나서 칼질을 해댔는데, 그럴 때의 그는 마치 신들린 무당과도 같아 보였다.

도마에 올려놓은 고기를 발라내고, 다지고, 뼈를 깎고, 자르는 솜씨가 어찌나 재빠르고 깨끗한지 그것을 보는 것 자체가 사람들에게 경이로움을 느끼게 해주었다.

커다란 소 한 마리를 해체하는 데에 뜨거운 밥 한 그릇 먹을 만큼의 시간밖에는 걸리지 않았다.

번쩍이는 절삭도(切削刀)와 세도(細刀)가 눈부시게 오가고 나면 어느새 뼈는 뼈대로, 고기는 고기대로 나뉘어져 수북하게 쌓이는 것이다.

그런 믿지 못할 솜씨로 인해 쾌도왕 갈포참은 자신도 모르는 사이에 송번성에 없어서는 안 될 구경거리가 되어 있었다.

그에게 반가운 손님이 찾아왔다.

소년이다.

"어, 어? 왜 이제 온 거냐?"

쾌도왕이 기름때로 번질거리는 가죽 앞치마에 손을 닦으며 달려나왔다.

푸줏간 앞에 서 있는 소년은 단운도였다.

"그동안 잘 있었어?"

대뜸 하는 말이 반말이지만 그래서 더욱 다정하게 들린다.

쾌도왕이 입이 찢어지도록 헤벌쭉 웃었다.

그에게 운도는 아들뻘밖에 안 되는 꼬마 녀석이지만 누구보다 반가운 친구이기도 했다.

때로는 단운도가 여느 아이들처럼 짓궂게 굴기도 하고 괴롭히기도 했지만 쾌도왕은 한 번도 싫은 기색을 한 적이 없었다.

아버지가 떼쓰는 아들을 바라보듯이, 큰형이 나이 차가 많이 나는 막내동생의 응석을 받아주듯이 그저 히죽히죽 웃으며 다 받아주었던 것이다.

외로운 처지의 소년인 단운도에게 그런 쾌도왕은 좋은 친구이면서 또한 든든한 후견인이기도 했다.

쾌도왕이 들뜬 음성으로 소리쳤다.

"너야말로 그동안 잘 있었던 거냐? 왜 그렇게 꼼짝도 안 했어?"

운도의 손을 잡고 반가워서 어쩔 줄을 모른다.

"응, 바쁜 일이 있었거든."

"그래도 시간 내서 좀 오지 않고."

"왜? 보고 싶었어?"

"그럼. 눈깔 빠지는 줄 알았다."

"쳇, 그런 말은 나한테 하지 말고 저기 송번주가의 장 소저에게 해야지."

운도가 턱짓으로 길 건너의 허름한 주가를 가리키며 하는 말에 쾌도왕의 시커먼 얼굴이 금방 숯불처럼 달아올랐다.

두 손을 사타구니 사이에 넣고 온몸을 비비 꼬며 어쩔 줄 모르는 꼴이 우습기만 하다.

그는 송번주가의 점원인 장 씨 성의 아가씨를 짝사랑하고 있었던 것이다.

하지만 주변머리가 워낙 철부지 아이와 같아서 제대로 제 마음을 전할 줄 몰랐다. 그저 어쩌다 장 소저를 보게 되면 입이 있는 대로 찢어지면서 넋을 놓고 바라볼 뿐이었다.

그러다가 그녀와 눈이라도 마주치면 죄지은 자처럼 쩔쩔맸다.

온몸이 벌겋게 달아올라서 안절부절못하는 그의 모습은 달구어진 철판 위에 올라선 곰이 쩔쩔매는 것처럼 보였다.

그런 그의 모습이 장 소저는 물론 그를 아는 모든 사람들에게는 또 하나의 웃음거리가 되곤 했다.

"들어가자, 들어가."

쾌도왕이 운도의 손을 마구 끌었다.

이런저런 이야기들을 하면서 쾌도왕은 연신 싱글벙글했다. 일손을 완전히 놓은 채 운도와의 이야기에만 푹 빠져 있는 것 또한 놀기 좋아하는 아이와 같았다.

운도가 해주는 이야기라면 아무리 하찮은 것이라도 그렇게 재미있는 모양이었다.

얼마나 시간이 지났을까.

"이런, 너무 늦겠다. 사부님에게 혼날라."

운도가 일어서자 쾌도왕이 금방 시무룩해졌다.

"벌써 가려고?"

"마을까지 한나절 길이잖아. 어두워지기 전에 돌아가야지. 안 그러면 사부님이 걱정하서."

"네 사부 늙은이는 얄밉다. 때려줄까 보다."

"뭐라고?"

"그렇잖아. 너를 꼼짝 못하게 하니 말이야. 제기랄, 하루나 이틀쯤 나하고 놀다가 들어가면 어때서 그런담."

"틈나면 또 올게."

"닷새나 열흘쯤 뒤에?"

"싫어? 그러면 안 오지, 뭐."

"아니, 아니다. 그냥 와라. 그런데 좀 자주 와라."

"너무 멀어."

"그럼 내가 가서 업고 올까? 갈 때도 업어다 줄게."

"쳇, 내가 뭐 어린애인 줄 알아? 나도 이젠 다 컸단 말이야."

그 말에 쾌도왕이 헤헤 웃었다. 운도를 아래위로 바라보더니 더 크게 웃는다.

"왜 웃어?"

"헤헤, 아직도 다람쥐만 한 게 언제 어른이 된단 말이냐? 네가 어른이 될 때쯤이면 나는 늙은이가 되어 있을 테니까 안 우스워? 그러지 말고 너는 그냥 이대로 있어라. 크지 마. 지금이 제일 좋아."

"쳇, 어서 고기나 썰어줘. 다섯 근이야."

"알았어. 제일 좋은 걸로 썰어줄게."

쾌도왕이 비로소 칼을 잡았다.

두리번거리더니 걸어놓은 돼지고기 중에서 맛있어 보이는 살점을 뭉텅 썰어 도마에 올려놓는다.

얼핏 보기에도 십여 근은 족히 나가 보이는 큼직한 덩어리였다.

"이건 너무 많잖아? 나 돈 없어."

"다섯 근이다."

"이게?"

"내가 다섯 근이라면 다섯 근인 거야."

두말 말고 얼른 가져가라는 듯 종이에 둘둘 말아 막무가내로 운도의 품에 안겨준 쾌도왕이 홱 돌아서서 팔짱을 끼고 섰다.

운도가 떠나는 걸 보지 않겠다는 뜻이다.

운도는 그런 쾌도왕의 큼직한 등을 바라보며 가슴이 따뜻해져 오는 걸 느꼈다.

남들은 모두 바보라고 놀리지만 운도에게 있어서 쾌도왕은 언제든 떼를 쓰고 응석을 부려도 좋은 믿음직한 친구였다.

"잘 있어. 또 올게."

다음에 올 때는 사부님이 따서 말린 국화차라도 한 봉지 몰래 가져와 건네주어야겠다고 생각한다.

第三章
이별

마룡의
후예

마룡의
후예

따분할 만큼 평온하고 조용한 날들이 소리없이 지나갔다.

운도는 등 선생 모르게 매일 소정의 집에 찾아가 집안 살림을 보살펴 주었다.

염 부인의 병색은 하루가 다르게 짙어지고 있었다.

그것을 볼 때마다 운도는 소정이에 대한 안타까움으로 가슴이 아팠다. 며칠 뒤에는 네 어머니가 돌아가실 것이라고 차마 말해줄 수가 없어서 더욱 그랬다.

철부지 소정이는 운도가 매일 찾아와 주는 게 그저 좋기만 했다.

그래서 어머니의 병색이 날로 깊어져 가는 것과는 달리 소정이의 얼굴은 날로 밝아졌다.

하루는 염 부인이 돌아가려는 운도를 불러 세웠다.

"이리로 가까이 와주지 않겠니?"

소정이를 내보낸 그녀가 힘없이 말했다.

운도가 다가가자 온기라고는 없는 싸늘한 손을 내밀어 운도의 손을 잡았다.

생기없는 눈에 눈물이 가득하다.

"나는 이제 며칠 살지 못할 거야."

"알고 계셨군요?"

"등 선생이 말해주었단다."

"아, 사부님이 다녀가셨나요?"

"소정이 모르게 살짝 다녀가시기를 여러 번 했단다. 너에게도 또 네 사부에게도 갚을 수 없는 신세를 졌으니 이 고마움을 어찌……."

기어이 염 부인의 눈에서 눈물이 주르르 흘러내렸다.

운도가 그녀의 손을 꼭 잡아주었다.

"대가를 바라고 한 일이 아니에요. 그러니 아무 부담 가지실 것 없어요. 사부님도 그러실 거예요."

"고맙구나. 죽으면 혼백이 되어서라도 반드시 너와 네 사부님의 공덕에 보답을 하겠다."

"그 말씀으로 이미 모든 걸 다 갚으셨어요. 더 이상 그런 말은 하지 마세요."

염 부인을 위로하는 운도의 얼굴이 어두워졌다. 소정이를 생각했기 때문이리라.

망설이던 염 부인이 가쁜 숨을 헐떡이고 나서 겨우 말했다.

"너에게 한 가지 부탁을 해도 되겠니?"

"무엇이든 말씀하세요."

"고맙구나."

여느 때와 다르게 입가에 미소마저 떠올리고 운도를 바라보는 염 부인의 눈빛에 따듯한 정감이 가득했다.

운도는 오늘따라 그녀가 이상하다고 생각했다.

평소와 달리 입을 열어 말을 하고 있다는 것도 그렇고, 그 말투가 투박한 산골 여인의 그것과는 멀어도 한참 멀다는 게 그랬다.

염 부인이 한동안 망설이더니 말했다.

"너는 어떤 일이 있어도 네 사부님을 원망해서는 안 된다. 그분에게는, 그분에게는……."

"예? 무슨 말씀이세요?"

"부탁이다. 그저 내 말을 듣기만 해다오."

"……."

"네 사부님은 한이 많으신 분이다. 그것을 홀로 삭이며 오늘날까지 아무런 내색 없이 살아오셨으니 실로 대단한 분이시지. 존경하지 않을 수 없다."

"제 사부님을 알고 계셨어요?"

운도의 눈이 휘둥그레졌다.

염 부인은 거기에 대해 대꾸하지 않고 자기의 말을 계속했다.

“하지만 조심해야 하느니라.”

“예?”

“아무도, 아무도 믿어서는 안 돼. 아무에게도 네 속을 보여서는 안 된다. 그건 네 사부님에게도 마찬가지야. 그는, 그는……”

염 부인은 자꾸만 말끝을 흐렸다.

무언가 하고 싶은 말이 있는데 차마 하지 못하는 것이다.

운도는 그녀의 정신이 이상해진 모양이라고 생각했다.

‘그렇지 않고서야 어찌 이런 알쏭달쏭한 말을 중얼거릴 수 있단 말인가? 아마도 죽을 때가 되니 헛것이 보이고 헛소리가 절로 나오는 모양이다. 참 딱하지 뭐야.’

가쁜 기침을 하고 숨을 할딱거리며 고통스러워하고 있는 염 부인에 대한 측은지심이 더욱 커진다.

한참 만에야 기침을 진정시킨 염 부인이 더욱 기운이 빠진 음성으로 말했다.

“내 말을… 내 말을 반드시 기억해야 한다.”

“예, 그러지요.”

운도가 재빨리 대답한 건 염 부인을 안심시키기 위해서였다.

염 부인이 떨리는 손가락으로 한곳을 가리켰다.

“저기, 저 탁자를 밀치고 그 뒤의 벽을 뜯어내라.”

햇빛도 닿지 않는 음침한 구석에 지저분한 잡동사니를 쌓아둔 낡은 탁자 한 개가 있었다.

고개를 갸웃거린 운도가 그녀의 뜻대로 그것을 한쪽으로 밀쳐 내자 뒷벽이 드러났다.

어떻게 이 벽을 뜯어내야 하는 건지 고개를 갸우뚱하는데, 이상한 점이 눈에 띄었다.

흙벽돌 한 개가 다른 것들과 달라 보였던 것이다.

테두리를 봉하고 있는 석회의 색깔이 옅다.

운도가 그것을 두드리자 금방 흔들거렸다. 손쉽게 빠져나온다.

그 안에는 오동나무로 만들고 검은 옻칠을 한 작은 함 한 개가 들어 있었다.

'이상하구나. 어째서 이런 곳에 이런 것을 숨겨놓고 있었을까?'

더럭 의심이 들었지만 염 부인의 뜻대로 그것을 그녀에게 가져다주었다.

아마도 금붙이 같은 귀물을 감추어둔 모양이라고 지레짐작했다.

"열어보아라."

나무 함을 바라보는 염 부인의 눈길이 뜨거워졌다. 생기마저 감돈다.

운도가 조심스럽게 그것을 열었다. 그리고 깜짝 놀라 탄성을 터뜨렸다.

"아!"

나무 함 안에는 한 권의 얇은 책과 한 개의 영롱한 빛을 발하는 옥패가 들어 있었다.

귀면(鬼面)을 하나 가득 새겨놓은 녹색의 작은 옥패였는데, 전면과 후면에 상고시대의 알아볼 수 없는 문자가 가득 새겨져 있었다.

어찌 보면 글자가 아니라 구불구불한 문양 같기도 했다.

운도에게서 그것들을 받아든 염 부인이 떨리는 손으로 한동안 쓰다듬더니 눈물을 뚝뚝 떨어뜨렸다.

낡은 책 표지에 그녀의 눈물이 떨어져 얼룩진다.

염 부인이 그것들을 운도에게 내밀었다.

"나는 이제 며칠 살지 못할 것이다. 그러면 이것을 더 이상 지키고 있을 수가 없지."

"이게 무엇입니까?"

"말할 수 없다. 하지만 나에게도 또 소정이에게도 아주 중요한 것이란다."

운도는 충분히 짐작할 수 있었다.

"소정이는 아직 어리고 철이 없어서 이것을 그 아이에게 맡길 수가 없구나."

"제가 잠시 보관했다가 소정이가 이것들을 물려받을 때가 되면 반드시 전해주겠습니다."

"부디 그렇게 해주기를 바란다. 다만……."

"말씀하세요."

"소정이에게는 물론 아무에게도 이런 일을 말해서는 안 된다. 네 사부님에게도 마찬가지야. 오직 지금 이 자리에서 너와 나만 알고 있는 비밀이어야 한다. 약속해 주겠느냐?"

"그건 좀⋯⋯."

운도가 눈살을 찌푸렸다. 사부님에게도 감추고 있어야 한다는 말이 마음에 걸렸던 것이다.

결국 사부님을 속여야 하는 일 아닌가.

나중에라도 그 사실을 안다면 사부가 몹시 실망할 것이다.

그의 망설임을 본 염 부인이 간절하게 말했다.

"죽는 자의 마지막 부탁이라고 생각하면 안 되겠니? 내가 이 세상에서 품는 마지막 소원이 바로 그것이다."

염 부인이 그렇게까지 말하는데 차마 거절할 수가 없었다.

"그렇게 하지요. 반드시 비밀을 지키겠습니다."

"남아일언은?"

"중천금이지요."

"나는 네가 반드시 약속을 지킬 것이라고 믿는다."

"안심하십시오."

비로소 염 부인의 얼굴에 안도의 기색이 어렸다.

그녀가 떨리는 손으로 운도의 손을 잡고 말했다.

"그 책에 있는 것은 하나의 내공심법이란다. 운기의 비결과 신공의 운용법이 자세히 기록되어 있지. 너에게 많은 도움이 될 거야. 너는 그것을 읽고 익혀도 좋다. 그리하여 대성하게 된다면 내가 장담하건대 너는 가히 천하무적의 내공을 지니게 될 것이다."

"아!"

운도가 깜짝 놀라 어깨를 떨었다.

"당신, 당신은… 강호의 여협이었습니까?"

그건 조금도 생각하지 못했던 일이다.

누가 염 부인이 강호와 관련된 여인이라고 짐작인들 했을 것인가.

그녀에게서는 조금도 그런 기미가 보이지 않았었다.

염 부인이 희미하게 웃었다.

"어떤 사람은 감추어야 할 비밀을 평생 지니고 살기도 하지. 너는 어떠냐? 너 또한 네 사부님에게서 무공을 배우고 있지 않으냐? 하지만 아무에게도 그런 걸 내색하지 않았지? 네 사부님도 마찬가지 아니냐? 내가 보기에 네 사부님은 천하제일을 다툴 만한 고수일 것이다. 틀림없어. 하지만 누가 그것을 알고 있지?"

없다. 아무도 없다.

운도는 저는 물론 등 선생 또한 그런 것을 철저히 비밀로 지켜오고 있었다는 걸 생각했다.

염 부인도 그런 사람이었으니 달리 이상하게 여길 게 없다. 하지만 그래도 여전히 놀란 가슴을 진정시키기 힘들었다.

"아주머니는 제가 무공을 배우고 있다는 걸 아셨군요?"

염 부인이 그 말에는 대답하지 않았다.

여전히 희미한 웃음을 보일 뿐이다.

"안심해라. 나 또한 아무에게도, 소정이에게까지도 그런 말은 한마디도 하지 않았으니까."

"휴—"

"너는 절대로 그 책을 네 사부님에게 보여주어서는 안 된다.
아니, 세상사람 누구에게도 보여주어서는 안 돼. 그걸 맹세해
라."

염 부인의 안색이 엄숙해졌다.

죽음을 목전에 두고 있는 사람이라고는 믿어지지 않을 만큼
장중한 기색을 띤 것은 물론, 운도를 바라보는 눈길마저 비수
처럼 싸늘했다.

이번에는 부탁이 아니라 강요였다.

약속이 아니라 맹세하라는 말이기도 하다.

운도는 이 일이 심중한 것임을 느꼈다.

거짓으로 맹세를 해서도 안 되고, 건성으로 고개를 끄덕여
서도 안 되는 것이다.

이미 부탁을 들어주겠다고 약속한 이상 이제 와서 못하겠노
라고 말할 수도 없다.

그가 역시 엄숙한 낯빛이 되어 천천히, 무겁게 말했다.

"맹세하겠습니다."

"아, 이제야 안심하고 죽을 수 있게 되었구나."

염 부인의 얼굴이 비로소 긴장을 풀고 환하게 밝아졌다.

운도는 그것이 말로만 들었던 회광반조의 현상이라는 걸 직
감했다.

"너는 그 책의 내용을 모두 암기한 다음에 그것을 불태우는
게 좋겠다."

"제가 품에 지니고 있다가 잃어버리기라도 할까 봐 걱정이

되시는 건가요?"

"그렇다. 아직 너는 소년에 불과하고 그것을 지킬 만한 힘이 없으니 어쩔 수 없구나. 다만 훗날 네가 외운 그 구결들을 한 자도 빠짐없이 소정이에게 전해준다면 그걸로 족하다."

"지금 당장 그렇게 할 수도 있습니다. 그러면 더 좋지 않은가요?"

"아직은 안 된다. 소정이는 그것을 감당할 수 없어. 그 아이가 인연이 닿아 좋은 스승을 만나고 그로부터 십여 년 동안 열심히 수련하여 고수의 소리를 들을 만큼 성장했다면 그때는 가능하지."

운도는 이 안에도 어떤 사정이 있는 모양이라고 짐작할 수밖에 없었다.

젖을 떼려고 하는 아이에게 이유식 대신 밥을 퍼 먹일 수 없는 것과 같은 이치일 것이다.

"되었다. 비록 내 한이 깊고 크지만 이제 와서 그것을 더 생각해 봐야 아무 소용이 없지. 늦었지만 이렇게 너를 만나게 된 일을 감사할 수밖에."

돌아가라는 듯 그녀가 눈을 감고 외면했다.

운도가 무거운 마음으로 밖으로 나오자 마당에서 혼자 놀고 있던 소정이 반갑게 달려왔다.

"오빠, 벌써 가려고? 어머니는 어떠셔?"

"응. 지금 막 잠드셨어."

"그럼 나하고 더 놀다가 가."

아무것도 모르는 소정이를 측은한 얼굴로 바라보던 운도가 그녀를 꼭 안아주었다.

"사부님이 기다리셔. 꾸중 듣기 전에 돌아가야지."

"그럼 내일 또 놀러 올 거지?"

"시간 봐서 올게."

서운한 얼굴로 내내 바라보고 서 있는 소정이를 두고 돌아가는 운도의 발걸음이 무겁기만 했다.

*   *   *

그로부터 또 며칠이 훌쩍 지나간 어느 날이었다.

단운도를 불러 앉힌 등 선생이 한동안 그를 바라보더니 불쑥 말했다.

"이제 나는 떠나야 한다."

"예?"

뜻밖의 말에 운도는 제 귀를 의심했다.

멍하니 사부를 바라보기만 할 뿐, 제가 방금 무슨 말을 들은 건지 이해하지 못했다.

그런 운도를 지그시 바라보는 등 선생의 얼굴에 회한과 쓸쓸한 기색이 가득해졌다.

"십년지약이 다가왔기 때문이다."

"십년지약이라니요? 그런 말은 여태까지 한 번도 없었잖아요?"

　운도의 마음에 처음으로 사부에 대한 서운한 감정이 들었다.

　그런 단운도를 달래기라도 하려는 듯 머리를 사랑스럽게 쓰다듬어 준 등 선생이 다시 말했다.

　"나이를 먹는다는 건 그만큼 비밀을 더 갖게 되는 것이란다. 또한 그만큼 후회할 일이 많아진다는 것이기도 하지. 너도 알게 될 것이다."

　잠시 생각하더니 다시 말했는데, 아쉬움과 쓸쓸한 감회가 더욱 깃든 음성이었다.

　"네가 내 나이가 되었을 때에 후회를 남기지 않으려면 반드시 내가 해준 말을 기억하고 지켜야 할 것이다. 잊지 않고 있겠지?"

　"무정무한 말씀인가요?"

　"그렇다. 오직 그것만이 너를 후회하지 않도록 해줄 것이다. 명심하여라."

　"그런데 꼭 가셔야 하나요? 정 그렇다면 제가 따라가도 될까요?"

　"그건 안 된다."

　등 선생이 단호하게 말했다. 안색마저 근엄해졌다.

　운도가 잔뜩 볼을 부풀렸다.

　"대체 누구와의 약속이기에 그러시는 건지 모르겠어요. 좋아요. 그럼 가셨다가 언제쯤 돌아오실 건가요?"

　"어쩌면 영영 돌아오지 못하게 될지도 모른다."

"아!"

사부의 말에 운도가 깜짝 놀라 멍하니 바라보았다.

"그 말씀은……."

"운명을 피할 수 있는 사람은 없지. 이것이 나의 운명이니 어쩔 수 없구나."

"원수와의 약속인가요?"

등 선생은 대답하지 않았다. 그래서 운도는 제멋대로 그럴 것이라고 믿어버렸다.

"이기지 못할 자라면 달아나면 되지 않겠어요? 사부님, 그가 찾지 못할 곳으로 달아나요. 제가 끝까지 사부님을 따르며 수발을 들어드리겠어요. 예?"

옷소매를 흔들며 떼를 쓰듯 조르는 운도를 멍하니 바라보던 등 선생의 입가에 씁쓸한 미소가 어렸다.

"그럴 수는 없지. 장부가 되어서 어찌 제 입으로 한 약속을 저버릴 수 있단 말이냐?"

"하나뿐인 목숨을 버리는 것보다 그게 더 낫지 않겠어요?"

"네 이놈!"

등 선생이 눈을 부릅뜨고 호통 쳤다.

"너의 짐작처럼 내가 원수를 만나러 가든 그렇지 않든 그게 중요한 게 아니다. 약속이 중요한 거야. 내가 여태까지 너를 하찮은 소인배로 키웠더란 말이냐? 나의 가르침이 네 귀에는 다 쓸데없는 소리였더란 말이냐?"

"사부님……."

단운도가 고개를 떨어뜨렸는데, 커다란 눈에 금방 눈물이 가득 고였다.

등 선생은 여전히 노여운 기색을 풀지 않았다.

"해야 할 일과 하지 말아야 할 일을 가릴 줄 아는 게 장부이니라. 버려야 할 때는 제 목숨이라도 가볍게 버릴 줄 알아야 하는 게 또한 장부의 길이다. 내가 한 말을 내 목숨과 같이 여겨야 비로소 사내라고 할 수 있느니라. 검을 휘둘러 열 사람의 목을 치고, 맨주먹으로 호랑이를 때려잡는 일보다 내가 한 말 한마디를 지키는 게 더욱 대장부다운 일이다."

"제자가 실언했습니다."

다음날부터 며칠 동안 등 선생은 아주 바빴다.

아침 일찍 집을 나가면 한밤중이 되어서야 돌아오곤 했으므로 운도는 사부의 얼굴 보기가 힘들었다.

늦도록 사부가 돌아오지 않을 때면 마루에 무릎을 안고 쪼그려 앉아서 기다리다가 그대로 쓰러져 잠들기도 했는데, 다음날 아침에 깨어나 보면 침상에 누워 있었다.

사부님이 왔다는 생각에 반가워서 뛰어나가 보지만 그때는 이미 등 선생의 모습은 다시 보이지 않았다.

그런 날들이 닷새쯤 지나갔을 때 등 선생이 단운도에게 말했다.

"내일 내가 떠나고 나면 너는 이것을 가지고 즉시 호남 광문산으로 가거라."

“내일 가시나요?”

단운도의 가슴에 슬픔이 밀물처럼 밀려들었다.

그의 손에 밀봉한 서찰 한 장을 쥐어주면서 등 선생이 다정하게 말했다.

“광문산에 도착하면 사람들에게 물어 풍사곡이라는 곳으로 찾아가라. 그곳의 주인이 위진평이라는 사람인데, 그에게 이 서찰을 건네주면 된다. 그가 너를 잘 돌보아줄 것이다. 거기 있는 동안 너는 그를 사부로 여기고 나를 모시듯이 해야 하느니라.”

“사부님……”

“풍사곡주를 만날 때까지 너는 혼자서 먼 길을 가야 할 텐데… 나는 마음이 놓이지 않는구나.”

등 선생의 음성이 조금 떨리는 것 같았다.

“그곳에 도착할 때까지는 누가 물어도 너와 나의 일을 있는 그대로 말해주어서는 안 된다.”

“원수 때문입니까?”

“그럴 수도 있지. 아닐 수도 있고.”

사부의 말이 애매했으므로 단운도는 여전히 그럴 것이라고 짐작할 수밖에 없었다.

잠시 뜸을 들였던 등 선생이 탄식을 섞어 말했다.

“화가 너에게 미칠까 봐 나는 그게 걱정이 되느니라.”

“명심하겠습니다. 결코 누구에게도 사부님에 대해서 말하지 않을 것이며, 제 신세에 대해서도 털어놓지 않겠습니다.”

말하는 동안 서찰을 받아 쥐고 있는 단운도의 손이, 어깨가 와들와들 떨리고, 눈에서는 굵은 눈물이 뚝뚝 떨어졌다.

그는 여태까지 한 번도 이별이라는 걸 겪어보지 않았다.

갓난아기 때부터 사부와 함께 살았으면서 한 번도 떨어져 보지 않았던 것이다.

사부는 제 친자식인 것처럼 언제나 저를 데리고 다녔다.

어려서는 업고 다니고 걷게 되면서부터는 손을 잡고 다닌 사부 아니던가.

그런 사부가 이제 죽게 될지도 모르는 약속을 위하여 저를 떼어놓고 홀로 어디론가 가려고 한다.

그 사실이 사부와 헤어지게 된다는 것보다 더 운도의 마음을 아프게 했다.

말을 해주지 않으니 대체 무슨 사연이 있는 건지, 어떤 약속이 있었던 건지 알 수가 없어 더욱 답답했다.

무엇보다도 단운도는 사부님 같은 사람이 남과 원한을 맺었다는 걸 이해할 수 없었다.

사부님은 그 자체로서 인의군자의 표상 같은 분이 아니던가.

등 선생이 다정한 손길로 단운도의 머리를 쓰다듬어 주며 달래듯 말했다.

"나의 약속은 중하기가 이 천하와도 같아서 피할 수가 없단다. 지금은 어쩔 수 없이 헤어지지만 언젠가는 다시 만나게 될 테니 그날을 기다리며 용맹정진하고 있어야 한다."

“그렇다면 그날이 오기만을 기다리겠습니다.”

단운도의 얼굴에 한 가닥 안도의 기색이 떠올랐다.

등 선생이 다시 엄숙하게 말했다.

“명심해라. 네 재주는 세상에서 찾아보기 힘든 것이다. 저를 온전히 드러내 보이는 자만큼 바보는 없지. 너는 언제나 네 재주의 반을 감추고 꺼내 보이지 말아야 하느니라. 그것만으로도 세상 사람들은 충분히 놀라게 되겠지.”

단운도는 이해할 수 없었다.

‘나에게 그렇게 대단한 재주가 있단 말인가?

고개를 갸웃거리는 건 아직도 자기 자신에 대하여 알지 못해서였다.

어려서부터 사부와만 붙어살았을 뿐, 누구와 비교하거나 비교당해 본 적이 없기 때문이다.

그러니 비교 대상이라고는 사부가 있을 뿐인데, 단운도에게 있어서 등 선생은 하늘같은 존재이기만 했다. 그 앞에만 서면 제 자신이 한없이 작고 초라해진다.

그러니 그는 자기의 재주를 칭찬하는 사부의 말을 언뜻 이해할 수 없었다.

등 선생이 다시 말했다.

“아니, 반도 많을지 모르겠구나. 너는 네 재주의 칠 할을 감추고 삼 할만 보여주어야 할 것이다. 내 말을 명심해라. 그렇게 하지 않으면 화가 네 신상에 닥칠 것이니 함부로 혈기를 부리지 말 것이며, 어린 마음으로 우쭐거려서 네 자신을 망치는 짓을 하면 절대로 안 된다.”

“명심하겠습니다.”

“세상의 인심은 사납고 사람들은 교활하기가 여우보다 더 하다. 아, 나는 네가 그들 속에서 어떻게 네 자신을 잘 지켜 나갈 수 있을지 그게 걱정되어 발길이 떨어지지 않는구나.”

단운도는 사부의 탄식 속에서 자신을 걱정하는 진정을 느낄 수 있었다. 감동에 눈시울이 뜨거워진다.

“제자는 사부님의 말씀을 가슴속에 새겨두고 언제나 그것에 따르도록 하겠습니다.”

“그래야지.”

잠시 무엇을 생각하던 등 선생이 머뭇거리며 어린 제자를 바라보았다.

무언가 하고 싶은 말이 있는데 과연 해야 할지 말아야 할지 망설이는 기색이 역력했다.

“휴—”

마음을 정한 듯 한참 뒤에야 한숨을 쉰 등 선생이 입을 열었다.

“혹시 소정이 그 아이의 어머니가 너에게 알 수 없는 말 같은 걸 하지는 않았더냐?”

운도의 가슴이 철렁하고 내려앉았다.

며칠 전 소정이의 집에서 있었던 염 부인과의 일을 사부가 혹시 아시는 게 아닐까 하는 걱정이 든다.

등 선생이 이글거리는 눈으로 운도를 빤히 바라보며 대답을 재촉했다.

운도는 그 짧은 순간에 수없이 갈등해야 했다.

이제 내일이면 사부와 헤어지게 되지 않는가. 언제 다시 만나게 될지도 모른다.

그러니 사부에게 모든 걸 털어놓고 말해야 할지 말지 언뜻 판단할 수 없었다.

'하지만 나는 염 부인에게 맹세하지 않았던가. 이건 염 부인과 나 사이의 사사로운 일이니 사부님에게 말하지 않는다고 해도 죄가 되지 않을 것이다.'

결국 그렇게 판단한 운도가 고개를 가로저었다.

"염 부인은 병이 위중해서 의식이 가물거리는 터라 여전히 한마디도 말을 하지 못합니다."

"그래?"

등 선생이 고개를 갸웃거렸다.

운도를 바라보는 눈길에 무언가 석연치 않다는 기색이 깃들어 있지만 달리 더 캐묻지는 않았다.

第四章
계획된 도읍
第四章
계획된 도읍

마룡의 후예

다음날이 되었다.

운도가 일어나 보니 아직 이른 아침인데 등 선생은 이미 길 떠날 채비를 다 갖춘 채 기다리고 있었다.

"사부님!"

그런 사부를 보는 운도의 가슴에 슬픔이 북받쳐 올라왔다.

등 선생이 애써 감정을 억제하는 듯 더욱 근엄한 얼굴을 한 채 말했다.

"풍사곡에 가면 특히 언행을 조심해야 할 것이다."

"예?"

"네가 일어나기 전에 떠나려고 하다가 그 말을 해주어야겠기에 그러지 못하고 기다렸느니라."

운도는 사부의 갑작스런 말을 이해할 수 없었다.

"풍사곡주 위진평은 너를 잘 대해줄 것이다. 하지만 그에게 네 심중을 있는 그대로 드러내 보여서는 안 된다. 그는, 그는……."

그 말을 해주기 위해 떠나는 걸 미루고 기다렸다니 매우 중요한 말일 것이다.

하지만 등 선생은 말을 마저 하지 못하고 머뭇거리더니 탄식으로 대신했다.

"휴— 내가 무슨 말을 더 하랴. 그래 봐야 제 얼굴에 침 뱉는 일과 다름없는 것을……."

"사부님?"

"아무튼 내 말을 명심해야 한다."

"알겠습니다."

대답하는 운도의 얼굴이 어두워졌다.

사부의 말속에서 앞으로 제가 몸을 의탁하고 있어야 할 풍사곡주 위진평이라는 사람이 신뢰할 만한 사람이 못 된다는 걸 느꼈기 때문이다.

굳이 그런 사람에게 저를 보내려고 하는 사부의 의도가 궁금해지기도 했다.

하지만 사부에게 어떤 생각이 있으니 그렇게 결정했을 것이라는 믿음이 컸다.

그렇다면 아무리 큰 고난과 어려움이 닥치더라도 이겨내야 하리라.

지금은 어쩔 수 없이 헤어지지만 언젠가 사부를 다시 만나게 되었을 때 훌륭하게 성장한 자신을 보여드려야 할 것 아닌가.

"부디 몸조심하여라. 매사에 신중하고 무정무한이라는 말을 잊지 말거라."

등 선생이 몸을 일으켰다.

"사부님……."

엉거주춤 따라 일어서며 부르는 단운도의 음성에 울음이 섞였다.

목이 메어 더 이상 말하지 못하고 눈물 가득한 눈으로 사부를 바라보기만 하는데, 지금 등 선생의 마음도 그와 같다는 걸 알 수는 없었다.

등 선생의 안색은 어디까지나 단호하고 엄숙했다.

더 이상 미련을 두지 않겠다는 듯 돌아서더니 성큼성큼 걸어 마당을 가로질러 갔다.

단운도는 뒤도 돌아보지 않는 사부에게 처음 원망을 느꼈다.

우두커니 서서 사부의 뒷모습을 제 눈 속에, 가슴속에 박아넣고 있을 뿐이었다.

그리고 사부가 담장 밖으로 사라져 보이지 않게 되어서야 '아!' 하는 외마디 소리와 함께 정신없이 달려나갔다.

사부의 모습은 이미 저만큼 떨어진 곳에 있었다.

언덕 아래로 구불구불 나 있는 뽀얀 길을 따라 허청허청 멀어져 가고 있다.

그 모습이 점점 작아지더니 모퉁이를 돌아 완전히 사라져 버렸다.

문 앞에 장승처럼 우두커니 서서 바라보던 단운도의 볼을 타고 두 줄기 뜨거운 눈물이 주르르 흘러내렸다.

"사부님, 부디 보중하소서."

중얼거림과 함께 털썩 무릎을 꿇는다.

사부가 사라진 그 길을 향해 엎드려 절하는 손등으로 뜨거운 눈물방울이 뚝뚝 떨어졌다.

그날 운도는 아무것도 하지 못하고 종일 멍하니 대문 앞에 앉아 있기만 했다.

한시도 저 아래의 텅 빈 길에서 눈을 뗄 수 없었던 것이다.

당장이라도 사부가 웃으며 돌아올 것 같았다.

그러나 날이 저물어가도 사부는 되돌아오지 않았다.

"휴—"

운도가 어깨를 축 늘어뜨리고 집 안으로 들어갔다.

비로소 사부님이 떠났다는 걸 실감한다.

이제 내일이면 저도 그동안 정들었던 이곳을 떠나야 한다는 생각에 잠이 오지 않았다.

벽지의 무늬며 휘장의 실오라기에 이르기까지 서운하지 않은 게 없었다.

들보 위를 재빠르게 달려가고 달려오는 쥐들의 소란마저 정겹게 느껴지는 밤인 것이다.

운도는 사부님의 등에 업혀 이 마을로 들어서던 때를 기억하고 있었다.

그 뒤로부터 지난 십 년 동안 이곳을 떠난 적이 없었다. 기껏 가본 외지라고는 송번성이 다일 만큼 철저하게 이곳 화량촌에서 붙박이로 살았던 것이다.

다음날 아침. 운도는 일찍 집을 나섰다.

그가 정이 듬뿍 든 집을 돌아보고 또 돌아보며 향한 곳은 소정이네 집이었다.

작별 인사를 하기 위해서였다.

저만큼 낯익은 소정이네 집이 보이기 시작했을 무렵, 운도의 가슴이 갑자기 쿵쾅거리며 뛰었다.

불길한 예감이 머릿속에 가득 들어차 답답해졌다.

무엇 때문인지는 알 수 없었다.

냉랭하고 싸늘한 무엇이 집을 온통 두르고 있는 것 같았다. 생기가 느껴지지 않는다.

"소정아!"

다가간 운도가 활짝 열려 있는 문 앞에 서서 소리쳐 불렀지만 안에서는 대답이 없었다.

마당을 건너 방문을 왈칵 열자 안에 고여 있던 냉랭한 기운이 갑자기 밀려 나왔다.

머리끝이 쭈뼛 곤두서고 등줄기가 서늘해진다.

어둠 속에 소정이는 없었다.

"아!"

운도가 놀란 외침을 터뜨렸다.

침상 위에 염 부인이 반듯이 누워 있었는데, 턱 밑까지 이불을 덮은 채 두 손과 두 발을 곧게 펴고 움직이지 않았다.

'돌아가셨다!'

운도는 즉각 그걸 알 수 있었다.

산 사람의 생기가 조금도 느껴지지 않았던 것이다.

방 안으로 들어가기가 겁이 난다.

'소정이는?'

그 아이가 보이지 않는다는 게 이상했다. 불안해진다.

"등 선생을 따라가던데?"

"예?"

"어제 아침 일찍 들일을 하기 위해 나가던 길에 마주쳤지. 이른 아침부터 어디 가시느냐고 물었더니 그냥 웃기만 하시더구나."

"소정이를 데리고 가셨다고요?"

"그렇다니까. 그 어린것의 얼굴에 수심이 가득하더구나. 등 선생의 손을 잡은 채 훌쩍거리며 울고 있기에 이상하다고 생각했지."

"아—"

운도는 다리에 힘이 빠져 털썩 주저앉고 말았다.

　사부님이 무슨 생각으로 그 아이를 데리고 간 건지 알 수 없지만 혼자 남게 된 소정이를 불쌍하게 여겨서일 것이라고 짐작했다.

　아마도 소정이는 어머니의 죽음을 두고 밤새 울고만 있었으리라. 마을 사람들에게 도움을 청하러 내려갈 생각조차 하지 못했을 게 틀림없다.

　"차라리 잘된 일이야. 사부님이 그 아이를 잘 돌보아줄 사람을 찾아 맡기겠지. 소정이에게는 오히려 잘된 일인지도 몰라."

　누구의 집에서 종살이를 하더라도 혼자서 살아가는 것보다는 나을 것이다.

　살아만 있다면 언젠가는 또 만날 수도 있지 않겠는가.

　그런 생각으로 마음을 달래는 운도였다.

　운도의 기별을 받은 마을 사람들이 모여 장례를 치르고 염 부인을 땅에 묻는 동안 운도는 내내 그녀의 정체가 궁금했고, 그 처지가 가여워서 한숨을 쉬었다.

　보잘것없는 흙무덤 한 개가 언덕 위에 만들어졌다.

　장례 절차니 사흘장이니 하는 건 다 필요없었다.

　그날로 염을 하고 땅을 팠던 것이다.

　하긴, 죽은 자가 사흘장을 알 것이며 장례식의 절차를 지켜볼 것인가.

　염 부인의 마지막 가는 길을 지켜드리느라고 운도는 그날 오후 늦게야 화가촌을 떠날 수 있었다.

　　　　　＊　　　＊　　　＊

"나 왔어."

불쑥 들려오는 반가운 음성.

낡은 나무 의자에 앉아 팔짱을 끼고 꾸벅꾸벅 졸던 쾌도왕이 번쩍 눈을 떴다.

"운도구나!"

우당탕―

황급히 일어나느라고 나무 의자가 자빠지고 선반에 머리를 부딪쳐 그 위의 그릇이 온통 쏟아져 엉망이 되었다.

그러나 쾌도왕은 개의치 않았다.

뒹구는 그릇들이 깨지는 것도 상관없이 마구 밟으며 달려오더니 운도의 손을 덥석 잡고 흔들며 껄껄 웃었다.

"어허허허― 조금 전에 꿈을 꾸었는데, 네가 보이지 뭐냐? 그러더니 정말 이렇게 왔네. 그참, 내 꿈이 신통방통하다니까? 우허허허―"

그러더니 운도의 몰골을 살펴보고 당장 눈을 휘둥그레 떴다.

운도의 얼굴에 수심이 가득했던 것이다.

"왜 그래? 무슨 일이 있는 거냐? 이게 뭐야? 어디 가?"

말끔한 옷을 입었고, 등에 봇짐까지 진 것이 어디 먼 곳으로 가는 사람 같았다.

운도가 울 듯한 얼굴을 끄덕였다.

“응. 나 이제 다시는 여기 못 올지도 몰라.”

“뭐라고? 아니, 왜?”

이게 무슨 소리냐는 듯 쾌도왕이 멍하니 운도를 바라보았
다.

“잘 있어.”

울먹인다.

쾌도왕이 운도의 어깨를 와락 붙잡았다.

“못 가.”

“……”

“네 사부가 내쫓았구나? 그럼 여기서 나랑 살면 되지. 아무
데도 가지 마라.”

“그런 게 아니야.”

“아니든 뭐든 상관없어. 못 가.”

“사부님의 명령이야. 지키지 않을 수 없어.”

“응? 그게 뭔데?”

“당분간 어디 가 있으라는 거야.”

“어디? 멀어?”

“응. 호남.”

“호남?”

쾌도왕이 머리를 갸웃거렸다.

“얼마나 먼데? 한 닷새쯤 가면 되는 데냐? 그럼 내가 같이
가줄까?”

“바보.”

운도가 피식 웃었다.

"오천 리는 족이 될 거야."

쾌도왕의 입이 딱 벌어졌다.

"오천 리라고? 그렇게나 멀어? 아니, 그 먼 데를 너, 쬐그만 다람쥐 같은 녀석이 혼자서 가겠다고 나섰단 말이냐?"

"쳇, 다람쥐 아니라니까. 나도 이제 다 컸다고."

흘겨보는 운도에게 쾌도왕이 헤벌쭉 웃어 보였다.

"그래도 나한테는 작고 귀여운 다람쥐다. 너 거기 가지 마라."

"가야 해. 사부님이 가라고 하셨다니까?"

"네 사부 늙은이를 내가 좀 만나야겠다. 만나서 혼내주겠어. 아니, 정신이 있는 거야, 없는 거야? 이 쬐그만 다람쥐를 그 먼 데까지 혼자 보내다니? 아무래도 네 사부 늙은이가 노망이 든 모양이다. 그러니 말 들을 필요 없어. 가지 마라."

"바보야!"

운도가 버럭 소리쳤다.

사부에게 함부로 말하는 건 그가 아무리 친한 사람이라고 해도 받아들일 수 없는 것이다.

"아무 말도 없이 그냥 가버릴 걸 내가 괜히 작별 인사라도 하겠다고 찾아왔지 뭐야. 저리 비켜."

쾌도왕의 손을 뿌리친 운도가 쌀쌀맞게 말했다.

"어쨌든 잘살아. 남들한테 놀림만 당하지 말고 정신 좀 차리고 살란 말이야. 그리고 건강해야 해. 언제든 다시 만날 날이

올 거 아냐? 그때 골골거리는 병자가 되어 있으면 막 화낼 거다. 알았지?"

"어? 어."

쾌도왕이 얼떨결에 대답하고 멍하니 운도를 바라보았다.

손을 흔들어준 운도가 돌아섰다.

매정해 보인다.

하지만 어차피 떠나야 할 사람 아닌가. 미련을 두는 건 자기 자신에게도 쾌도왕에게도 가슴이 더 아파질 뿐이라고 생각한 것이다.

그가 보란 듯이 씩씩하게 걸어서 멀어져 갔다.

이제 송번을 떠나 저 먼 호남 땅까지 홀로 가야 한다고 생각하니 무엇보다도 쾌도왕과 헤어져야 한다는 게 가슴 아팠다.

"잘살아."

뒤돌아보지도 않고 혼자서 중얼거리는 말속에 울음이 묻어 나려고 했다.

그동안 깊이 정들었던 또 한 사람과 이별을 하는 것이다.

쾌도왕은 눈을 끔벅거리며 멀어지는 단운도를 멍하니 바라보기만 했다.

아직도 이게 무슨 일인지, 운도가 왜 그러는 건지 이해하지 못하는 것 같았다.

뒤돌아보지도 않고 자꾸만 멀어지는 단운도에 대한 섭섭함이 밀물처럼 밀려든다.

운도가 드디어 사람들 속에 파묻혀 보이지 않게 되었지만 그래도 쾌도왕은 눈을 끔벅거리며 그가 제 앞에 있는 것처럼 바라보기만 했다.

그러더니 중얼거렸다.

"위험할 텐데……. 저 녀석이 혼자 가기에는 너무 먼 곳 아닌가. 안 좋아. 이건 정말 안 좋은 일이야."

그는 더 이상 바보가 아닌 것 같았다.

순간적으로 두 눈에서 형형한 안광이 번쩍이다가 사라진 것이다.

그러더니 제 이마를 딱 쳤다.

"그렇지. 그 친구에게 부탁을 하면 되겠군. 마침 송번에 와 있으니 잘된 일이야."

중얼거리는 쾌도왕의 얼굴에 희미한 웃음이 떠올랐다.

누가 그런 모습을 보았다면 다시는 그를 두고 바보라고 놀리지 않을 것이다.

하지만 다행히 주위에는 아무도 그를 눈여겨보는 사람이 없었다.

앞치마에 손을 문지르며 다시 푸줏간 안으로 들어가는 쾌도왕의 눈빛이 흐리고 멍해졌다.

입마저 헤벌린 채 히죽히죽 웃고 있는 것이 영락없이 정신이 반쯤은 나가 있는 본래의 그의 모습이었다.

＊　　　＊　　　＊

송번성을 떠난 지 사흘째 되는 날이다.

단운도는 홀로 길을 가면서도 생각은 내내 사부님과 천하에 의지할 곳 없게 된 어린 소정이에게 가 있었다.

사부가 어디에서 누구와 만나는 건지 알 수 없으니 더욱 애가 탔고, 소정이의 처지를 생각하면 가여움에 절로 탄식이 나왔다.

"소정이는 영리하고 심성이 착하니 어디에 가 있든지 사랑을 받으며 잘살 거야."

그렇게 자신을 위로할 수밖에 없다.

"그리고 사부님이라면 반드시 원수를 무찌르고 이기실 거야."

그는 여전히 사부가 원수와의 대결을 하기 위해 떠났다고 믿고 있었다.

사부의 승리를 믿지만 그 믿음의 한편에는 혹시나 하는 불안함이 앙금처럼 남아 있었다.

어쩌면 영영 돌아오지 못하게 될지도 모른다고 했던 사부의 말이 내내 머릿속에서 떠나지 않았던 것이다.

"아니야!"

운도가 버럭 소리쳤다.

"사부님은 반드시 돌아오셔!"

'하지만?

그의 마음속에서 다시 고개를 드는 어둠의 속삭임.

'그렇다면 어째서 너에게 집에서 기다리라고 하지 않고 그 먼 호남의 끝까지 가라고 했지? 어째서 너에게 풍사곡주 위진 평이라는 사람을 사부처럼 모시라고 했지? 어째서?

단운도는 그 어둠의 속삭임에 대꾸할 말이 없었다.

'네 사부는 돌아오지 못하는 거야. 원수가 찾아와서 너까지 해칠까 봐 그 먼 곳으로 피신시키는 거지. 안 그래?'

"시끄러워!"

운도는 제 귀를 틀어막고 마구 달려갔다.

인적이라고는 없는 산속의 오솔길이었다.

사천에서도 오지에 속하는 이곳은 어디를 가나 편한 길이 없다.

골짜기를 건너고 가파른 산 능선을 넘어야 하며 울창한 삼나무 숲 속을 종일 헤매기 일쑤였다.

지난 이틀 동안 내내 그렇게 험하고 인적 드문 길을 혼자 갔으면서도 호랑이나 곰 같은 산짐승 하나 만나지 않았고, 산적한 명 만나지 않았다는 게 행운이라고 여겨질 만하다.

그리고 사흘째 되는 날 단운도는 비로소 험한 관문이나 마찬가지인 천태산을 넘을 수 있었다.

발아래 콸콸거리며 흘러가는 급한 물길이 보였다.

이리저리 구부러지며 산을 휘돌아가고 있는 민강(岷江)이다.

비로소 길이 걸을 만해졌다. 마차가 다니고 통행하는 인마도 많아진다.

조금만 더 가면 진강관(鎭江關)이 나오고, 반나절쯤 더 가면

점장대(點將臺)를 지나게 된다.

그러면 저녁 무렵에는 무현(茂縣)에 도착할 수 있다.

배불리 먹고 편히 쉴 수 있게 되는 것이다.

운도는 무현에 한시라도 빨리 도착해야 한다는 일념으로 다시 부지런히 길을 걸었다.

진강관이 저 앞에 보였다.

가파른 산비탈에 나 있는 외길을 가로막고 있는 높은 성벽과 망루가 위압적이다.

관 앞에는 그곳을 통과하기 위하여 기다리는 사람들이 줄지어 있었다.

그곳을 지나야 비로소 중원이라고 부르는 땅을 밟게 되는 것이라 진강관은 오가는 사람들로 늘 북새통을 이루었다.

대부분 성민이거나 상인들이지만 그들 중에는 가끔 강호의 무리로 보이는 자들이 섞여 있기도 했다.

관을 통과하기 위해서는 누구든 예외없이 수문장의 검색을 받아야 한다.

단운도는 검색을 기다리는 사람들 뒤에 섰다. 그 뒤로 사람들이 계속 붙어 서고 있었다.

두어 식경이나 기다려서야 겨우 차례가 되었다.

단갑으로 무장하고 칼을 찬 병사들이 눈을 부라리고 있고, 서탁에 서기로 보이는 사람이 문사건을 쓰고 앉아서 부지런히 통행인 명부를 작성하고 있었다.

운도가 그 앞에서 서자 서기가 쳐다보지도 않고 물었다.

“이름.”

“단운도입니다.”

“어디서 오는 길이야?”

“송번입니다.”

“어디로 가는 거지?”

“성도로 갑니다.”

“무슨 일 때문에?”

“호남으로 가기 위해서 지나가는 것이지요.”

“응? 호남?”

서기가 붓을 놓고 운도를 바라보았다.

“너 혼자서 말이냐?”

믿을 수 없다는 듯 고개를 갸웃거린다.

그도 그럴 것이, 단운도는 고작 열대여섯 살 먹은 소년이 아닌가.

그가 보호자도 없이 혼자서 오천여 리에 이르는 길을 가겠다고 나섰으니 누구나 의아해할 만하다.

운도가 당찬 얼굴로 대답했다.

“저는 다 컸습니다. 길이 있다면 이 세상 끝까지라도 갈 수 있어요.”

“이놈 봐라?”

그의 당돌한 말에 서기가 빙긋 웃었다.

“이 녀석아, 호남이 무슨 이웃 마을쯤 되는 건 줄 아느냐?”

“그래도 가야 합니다.”

“좋다. 그럼 통행패는 있느냐?”

“예?”

“관을 통과하려면 통행패가 있어야 한다는 것쯤은 알겠지?
송번성에서 왔다니 그곳의 참령 나리가 발행해 준 통행패를
당연히 가지고 있겠지?”

“그건……”

“원래 너 같은 아이 녀석들은 통행패가 없어도 된다. 물론
보호자의 손을 꼭 잡고 있을 때의 얘기지. 하지만 혼자라니 예
외는 없어. 통행패가 있어야 보내줄 수 있다.”

난감한 일이었다.

통행패가 필요하다는 말을 들어보지 못했기 때문이다. 사부
님도 거기에 대해서는 말해주지 않았다.

운도는 그저 길이 있으니 가면 되는 것인 줄 알았을 뿐, 이
런 귀찮은 절차가 기다리고 있을 줄은 몰랐다.

그가 우물쭈물하자 서기가 더 볼 것 없다는 듯 손사래를 쳤
다.

“가서 보호자를 데리고 와. 그러지 않으면 보내줄 수 없다.”

운도가 울상을 하고 애원했다.

“꼭 가야만 하는 사정이 있어서 그러는데, 어떻게 안 될까
요?”

고작 생각해 낸 말이 그것뿐이다.

서기가 어이없다는 듯 웃었다.

“이 녀석아, 네가 죄를 짓고 달아나는 길인지 아닌지 어떻게

알아?"

"죄라니요? 저는 그런 것 모릅니다."

정색을 하고 펄쩍 뛰자 서기 역시 정색을 하고 따져 물었다.

"그렇다면 어째서 너 혼자 이 먼 곳까지 온 거지? 게다가 무엇 하러 호남까지 가려는 거냐?"

"그건……."

운도는 사부님의 일을 말할 수 없었다. 그래서 우물쭈물하자 서기가 눈을 가늘게 뜨고 수상하다는 듯 바라보았다.

"죄가 없다면 당연히 송번성의 관아에 가서 통행패를 만들어 달라고 했겠지. 죄가 있으니까 몰래 빠져나온 것 아니냐?"

"억울합니다."

"당장 끌고 가서 조사를 해야 하지만 네가 아직 어린 녀석이라 그 정도는 봐주겠다. 다시 집으로 돌아가. 정 이곳을 지나가겠다면 보호자를 데리고 와라. 물론 통행패를 발급받아 가지고 말이지."

손사래를 친 서기가 귀찮다는 듯, '다음 사람' 하고 신경질적으로 소리쳤다.

운도는 난감했다. 여기서 이런 일을 당할 줄이야.

관을 통과하지 않고서는 성도로 갈 수 없으니 앞이 깜깜해지기만 한다.

그때였다.

"아니, 너 여기서 뭐 하고 있는 거냐?"

뒤쪽에서 낯선 음성이 들려왔다.

“운도야, 네가 여기에 웬일이냔 말이다.”

“응?”

운도는 제 이름을 부르는 소리에 의아해서 돌아보았다.

저 뒤쪽에서 부유해 보이는 상인 한 사람이 손을 흔들고 있었다.

모르는 얼굴이다.

그래서 더욱 의아해지는데 상인이 종으로 보이는 늙수그레한 자에게 무어라고 말을 했다. 그러자 종이 바삐 달려온다.

“도련님, 숙부께서 잠시 보자고 하십니다.”

“숙부?”

종이 눈을 찡긋거리며 말했다.

“그러잖아도 송번을 지나면서 도련님의 아버님으로부터 걱정을 들었답니다.”

운도가 뭐라고 할 새도 없이 그의 손을 마구 끈다.

“어, 어?”

운도는 얼떨결에 따라가면서도 영문을 알 수 없어 어리둥절했다.

가까이에서 보니 화려한 옷을 입은 상인은 얼굴이 희고 귀티가 나는 것이 대상단을 거느리는 화주쯤 되어 보였다.

과연 그의 주위에는 몇 사람의 건장한 종들이 있었는데, 하나같이 체격이 좋은 청년들이었다.

상인이 운도의 어깨를 두드리며 껄껄 웃었다.

“이 녀석, 형님은 급한 일을 시켰는데 네 녀석은 고작 이곳에서 어슬렁거리고 있으니 볼기를 맞아야겠구나?"

"저를……."

'아세요?' 하는 말은 상인의 두툼한 손에 입이 막혀서 마저 하지 못했다.

상인이 연신 눈짓을 하면서 속삭이듯 말했다.

"관을 나가는 게 급하지 않으냐?"

운도가 고개를 끄덕였다.

"그럼 내가 하는 대로 가만히 있어라."

비로소 운도는 그가 저를 도와주려 한다는 걸 알았다. 얼굴에 환한 웃음이 번진다.

"황 대인이시군요?"

상인의 차례가 되자 그를 본 서기가 반갑게 일어서서 아는 체를 했다.

"번거롭게 줄을 서시다니…… 그냥 종을 보내서 말씀만 전하시면 될 걸 그랬습니다."

"허허, 국법인데 어디 그럴 수 있소? 다들 줄을 서니 따라야지. 내가 어디 특별한 사람이오?"

"하하, 역시 황 대인이십니다."

황 대인이라고 불린 상인이 품에서 전낭 한 개를 꺼내 서기에게 건네주었다.

"다들 이렇게 수고하는 덕에 내가 편히 오가면서 장사를 할 수 있으니 고맙지 뭐요. 얼마 안 되는 돈이지만 내 감사의 표시로 알고 받아두시오."

"이런, 이런. 매번 이렇게 하지 않으셔도 되는데……."

말은 그렇게 하면서도 서기는 재빨리 전낭을 품속에 찔러 넣고 있었다.

"저녁에 번을 마친 병사들과 술 한잔하면서 오늘의 노고를 푸시구려."

"감사합니다. 황 대인 같은 분 때문에 저희가 이곳에서 고생하는 보람이 있지요."

"그나저나 이런 곳에서 뜻밖에 조카 녀석을 만났지 뭐요."

"조카라구요?"

황 대인이 손짓을 했다.

쭈뼛거리며 다가오는 단운도를 본 서기가 어리둥절한 얼굴을 했다.

"아니, 저 녀석이 황 대인의 조카란 말입니까?"

"그렇다오. 오래전에 송번성에서 마음이 맞는 친구 한 명을 만나 의형제를 맺었는데, 나보다 한 살 나이가 많은지라 형님으로 모시게 되었지. 이 녀석이 바로 그 형님의 자식인데, 송번성에서 안 보이더니 여기에 와 있지 뭐겠소?"

"그랬군요."

서기가 탓하는 얼굴로 단운도를 힐끔 바라보았다.

왜 진작 황 대인과 잘 아는 사이라고 말하지 않았느냐고 책망하는 것이다.

"저 뒤에서 듣자 하니 이 녀석이 급한 마음에 통행패도 발급받지 않고 그냥 온 모양인데 어쩌겠소? 다시 사흘 길을 걸어서 집으로 돌아가라고 하기도 곤란하고……."

"황 대인께서 보증을 서는데 무슨 문제가 있겠습니까?"

"고맙소이다. 그리고 내 통행패는……."

황 대인이 품을 뒤적이자 서기가 두 손을 마구 내저었다.

"서로 형제처럼 잘 아는 처지에 새삼스럽게 왜 이러십니까?
황 대인의 얼굴이 저희들에게는 통행패나 다름없지 않습니까?
하하―"

"허허, 매번 이렇게 편의를 봐주니 고맙소이다. 커흠."

"별말씀을."

황 대인이 거들먹거리며 단운도의 손을 잡고 관을 나갔다.
그 뒤를 짐을 잔뜩 진 다섯 명의 종들이 바삐 따른다.

*　　*　　*

"수상쩍은 자는?"

"오늘도 없었습니다."

"그래?"

"여기 통행인의 명단입니다."

서기가 지난 낮 동안 기입한 통행 장부를 공손히 건넸다.

그것을 받아드는 사람은 관인(官人)이 아니었다.

한눈에도 강호의 고수라는 걸 알아볼 수 있는 노인이다.

흰 수염이 가슴까지 늘어졌고, 비단옷을 입었으며, 풍채가
좋았다.

탁자에 한 자루 고색창연한 검을 올려놓고 앉아 있는 모습이 위엄 가득하다.

통행 장부를 살펴보던 노인이 살짝 눈살을 찌푸렸다.

"황 대인이라는 자는 자주 오가는군?"

"강족과는 물론 민산을 넘어온 대상들과도 활발하게 거래를 하는 상인이니까요."

"단운도?"

노인이 고개를 갸웃거렸다.

"십오 세의 소년이라니? 황준보에게 언제 이런 일행이 있었던가?"

황 대인으로 통하던 그의 이름이 황준보(黃俊寶)였던 것이다.

"조카랍니다. 이곳에서 우연히 만났다더군요."

"조카라……. 송번성에 사는 조카란 말이지?"

"그렇습니다. 무어 수상쩍은 데라도……."

"음—"

서기가 눈치를 보며 조심스럽게 묻자 노인이 눈살을 더욱 찌푸렸다.

"그런데 행선지가 성도인가?"

"그렇습니다."

서기는 단운도가 호남까지 간다는 건 기록하지 않았다. 믿어지지 않아서이기도 했고, 귀찮아서이기도 했다.

'왜 가느냐?', '무슨 일이냐?' 하고 꼬치꼬치 캐물어야 하는

데, 황 대인의 면전이라 곤란했던 것이다.

"좋아, 다음번에도 황 대인이 낯선 자를 동행하고 있으면 반드시 나를 만나보고 가도록 조치하게."

"명심하겠습니다."

장부를 돌려받은 서기가 조심스럽게 물러났다.

노인은 한동안 멍하니 허공을 바라보기만 했다.

그러더니 불쑥 중얼거린다.

"아무래도 이 황준보라는 자는 주의해서 지켜봐야 할 필요가 있겠어."

황 대인의 무엇이 의심스러운 것인지는 오직 노인 본인만 알 뿐이다.

"단주, 속하입니다."

밖에서 귀에 익은 음성이 들려왔다.

'음' 하고 건성으로 대답한 노인이 자세를 바로 했다.

문을 열고 조심스럽게 들어서는 자는 검은 옷을 입은 중년의 날카롭게 생긴 사내였다.

"총단에 달리 보고할 사항이라도 있으신지 확인하려고 왔습니다."

잠시 생각하던 노인이 고개를 흔들었다.

"없다. 평온해. 그렇게 보고하도록.."

"존명."

사내가 들어올 때와 마찬가지로 조심스럽게 방을 나갔다.

그는 이곳 진강관과 성도의 총단 사이를 매일 오가는 전령이었다.

　성도에는 백도의 연합체인 무림맹을 대표하는 사천 총단이 있었고, 사천 총단은 또 각 관마다 지단을 두어서 오가는 사람들을 감시하게 했다.

　관을 지키는 병사들과는 별도로 움직이는 강호의 힘인 것이다.

　노인은 바로 이곳을 관장하고 있는 지단주인데, 검 한 자루로 명성을 쌓은 노고수였다.

　강호에서 뇌호팔검(雷號八劍)이라고 부르는 노문량(盧門糧)이다.

　무림맹이 중원의 변경마다 이처럼 감시 조직을 둔 것은 오직 한 가지 목적 때문이었다.

　바로 십오 년 전에 사라진 마교 홍안적성을 감시하는 것이다.

　그래서 무림맹은 이곳 진강관처럼 관문이 있는 곳마다 자신들의 제자를 서기로 앉혔다.

　관문의 책임자인 수문장을 매수했으며, 관을 관할하는 도지휘사의 장령들을 폭넓게 포섭했으므로 자신들의 제자를 서기로 박아 넣는 건 그다지 어려운 일이 아니었다.

　그렇게 해서 혹시라도 있을지 모르는 홍안적성의 첩자들을 색출해 내려는 것이다.

　무림맹은 마교가 비록 중원을 떠나 저 먼 청해의 어디인가로 사라졌지만 조금도 마음을 놓지 못했다.

그들의 힘을 잘 알기 때문이다.

지금도 전설이 되어 전해지는 절대천마 풍약헌의 힘을 똑똑히 기억하고 있지 않는가.

그와 같은 자가 다시 나타나서는 안 된다.

그러기 위해서는 홍안적성의 무리가 결코 중원에 발을 들여놓지 못하도록 사전에 철저히 막아내는 게 무엇보다 중요했다.

그래서 길목마다 감시처를 설치했고, 각 관마다 감시의 눈을 박아놓은 것이다.

그런 만큼 쥐새끼 한 마리도 무림맹의 눈을 피해서 중원으로 숨어든다는 건 거의 불가능한 일이었다.

그처럼 철저하게 감시한 탓인지, 십오 년이나 세월이 지났지만 아직 한 번도 이렇다 할 수상한 움직임은 없었다.

그럼에도 불구하고 무림맹이 아직도 이처럼 철저한 감시 체계를 유지하고 있는 건 그만큼 그들의 뇌리에 홍안적성에 대한 두려움이 깊이 새겨져 있다는 증거였다.

第五章
또 하나의 인연

마룡의
후예

"이렇게 도와주셔서 정말 감사합니다."

"허허, 소형제가 곤경에 처한 것 같아 그런 것뿐이니 부담 가질 것 없네."

"하지만 저에게는 정말 큰 도움이었습니다. 대인이 아니었다면 관을 나오지 못할 뻔했으니까요."

"그건 그렇고, 정말 혼자서 호남까지 갈 생각인가?"

"그렇습니다."

"무슨 특별한 이유라도 있는 모양이군?"

"그건……."

운도가 얼굴을 붉혔다.

기대하는 눈으로 그를 바라보던 황 대인이 허허 웃었다.

“말하기 곤란한 일이라면 하지 않아도 되네.”

“죄송합니다.”

“사람마다 누구나 말하기 곤란한 사정 몇 가지는 가지고 있는 법이니 신경 쓸 것 없네.”

운도는 황 대인을 따라 성도를 향해 부지런히 가고 있는 중이었다.

밤이 되었을 때에 그들은 목표로 했던 무현에 도착해 객잔에 들었다.

운도는 더 이상 황 대인에게 신세를 지고 싶지 않았으나 황 대인이 어차피 이곳에서 하룻밤 묵어가야 할 테니 함께 있자고 했던 것이다.

저녁 식사를 마치고 차를 마시는 중인데, 황 대인이 뜻밖의 말을 꺼냈다.

“성도까지는 이렇게 나와 동행하세.”

“저도 성도를 지나야 하니 동행하는 건 어려운 일이 아닙니다. 다만 폐를 끼치는 게 걱정이군요.”

“하하, 나이도 어린 친구가 예의범절을 아니 기특한 일이군. 언행으로 보아 훌륭한 스승 밑에서 엄하게 배웠다는 걸 알 수 있겠어. 좋은 일이야, 좋은 일. 앞으로는 너무 격식을 차리지 말고 편하게 대해도 좋네.”

“하지만 어찌…….”

운도는 그가 사부님이 누구시냐고 물어볼까 봐 가슴을 졸였다. 하지만 황 대인은 더 이상 묻지 않았다.

“성도에서 나와 함께 사흘쯤 머물러 주지 않겠는가?”

“예?”

“실은 중요한 약속이 있거든. 그걸 처리한 다음에 나 또한 호남으로 갈 작정인데 소형제가 나와 동행한다면 좋을 것 같네.”

“아, 호남으로 가신다고요?”

“그렇다네.”

운도의 눈이 반짝였다.

낯선 길을 혼자서 헤매며 가는 것보다 이 황 대인을 따라가면 훨씬 편할 것이라는 생각이 들었다.

“정말 저를 데리고 가시겠습니까?”

“하하, 물론이지. 내가 비록 거짓말을 밥 먹듯이 하는 장사꾼이네만 그런 일까지 거짓말을 하지는 않아.”

운도는 하긴 그렇다고 생각했다.

저를 속여봐야 얻을 게 무엇이 있겠는가.

“그렇게 해주신다면 저로서야 정말 감사할 일이지요. 가시는 동안 궂은 심부름이라도 마다하지 않고 해드리겠습니다.”

“나에게 심부름을 시킬 종은 따로 있는데 무슨 말인가? 그냥 말동무나 해주면 되네. 심심하지 않게 먼 길을 갈 수 있으니 서로 좋은 일이지.”

운도는 이것이 뜻밖의 행운이라고 생각했다.

진강관에서 우연히 이 황 대인을 만나게 된 것도 다 사부님의 염려를 하늘이 듣고 불쌍히 여긴 때문이라고 믿었다.

절로 천지신명께 감사의 기도를 드리게 된다.

"주인께서 왜 갑자기 호남으로 행선지를 바꾼 거지?"

"그걸 낸들 아나?"

"원래는 강서의 화가장으로 갈 계획이었는데 갑자기 호남이라니. 대체 화가장의 장주님께는 뭐라고 변명한단 말이냐?"

"전서구를 띄웠으니 따로 변명하러 갈 필요 없겠지."

"정말 알 수 없는 일이야."

네 명의 장한과 늙수그레한 노인이 그들의 숙소에서 서로 낮게 속삭이는 말을 아무도 들을 수 없었다.

그들은 조금 전에야 주인인 황 대인으로부터 행선지를 바꾼다는 말을 들었던 것이다.

무엇 때문에 갑자기 주인의 마음이 변했는지 도무지 짐작할 수 없어서 어리둥절했다.

하지만 주인이 지옥으로 가자고 하면 따라갈 뿐, 불만을 품을 수 없다.

그로부터 이틀 뒤에 단운도와 황 대인 일행은 성도에 도착했다.

운도로서는 성도와 같이 커다란 도읍에 와보는 것이 처음이었다. 보는 것마다 신기하지 않은 게 없다.

모든 게 값지고 귀한 것들로만 보인다.

황 대인은 〈만통주루(萬通酒樓)〉라는 크고 화려한 객잔에 거처를 정했다.

　돈을 물 쓰듯 하는 것이어서 단운도는 이 황 대인이 정말 큰 장사꾼이라는 걸 새삼 느꼈다.

　"나는 돈이 되는 곳이라면 땅 끝이라도 마다하지 않고 찾아가는 사람이라네. 그래서 중원 곳곳은 물론 새외 변방까지 안 다녀본 데가 없지."

　"듣고 본 것들도 많으시겠군요?"

　"물론이지. 온갖 해괴한 일들도 많이 겪었으며, 기이한 인물들과 사건에 대하여 들은 건 이루 말할 수 없다네. 몇 날 며칠 밤을 새우며 털어놓아도 남을 거야."

　"잘되었어요. 가는 동안 지루하지 않겠군요. 황 대인께서 보고 겪은 일들은 물론 들은 것들도 저에게 말씀해 주세요."

　"그러지. 그러면 나도 시간 가는 줄 모를 테니까. 하하—"

　성도에서 누굴 만나러 다니는지 바쁜 사흘을 보낸 황 대인이었다.

　그래서 운도는 그가 말했던 사흘을 심심하게 보내고 나서야 겨우 그와 마주 앉을 수 있었다.

　"이제 내일 날이 밝으면 호남으로 향하세."

　"얼마나 걸릴까요?"

　"글쎄, 자네의 걸음으로 계산한다면……."

　황 대인이 품에서 주판을 꺼냈다.

　검은빛이 감도는 철로 틀을 만든 특이한 주판이었다.

　운도는 그것에 들어 있는 알들이 모두 황금인 것을 보고 크게 놀라 '아!' 하는 감탄성을 터뜨렸다.

황 대인이 주판을 흔들자 짜라랑 하는 맑은 소리가 나면서 황금 주판알에 부딪친 불빛이 사방으로 현란하게 튕겨졌다.

이처럼 황금으로 알을 만든 주판이 있다는 건 들어보지도 못한 터라 운도의 놀람은 더욱 컸다.

황 대인이 과연 상상할 수 없는 부자인 모양이라는 추측을 하게 된다.

황 대인이 익숙한 손놀림으로 주판알을 튕겼다.

자라락 하는 소리가 듣기 좋은 음악 소리처럼 방 안에 울려 퍼진다.

"앞으로 한 달 하고 이십오 일 세 시진 반이 걸리겠군. 물론 도중에 다른 변수가 없다면 말일세."

그러더니 고개를 갸웃거리고 다시 말했다.

"어디, 가는 도중에 얼마나 많은 변수가 생길 가능성이 있는지도 계산해 볼까?"

"아, 그걸 계산하실 수 있단 말인가요?"

"하하, 온 세상을 이루고 있는 게 바로 수라네. 계산하지 못할 게 없지. 운명이라는 것도 확률의 수로 계산할 수 있어. 뿐인가? 능숙한 자는 저 하늘의 별과 그것의 운행까지도 계산해 낼 수 있으니 이 수의 세계가 놀랍지 않은가?"

"정말 그런 일이 가능하단 말인가요?"

"자네가 원한다면 계산법을 가르쳐 주겠네."

호기심을 느꼈던 운도가 해해 손사래를 쳤다.

“아, 싫어요. 그걸 다 배우자면 얼마나 골치 아프겠어요?”

황 대인이 황금 주판을 갈무리하며 껄껄 웃었다.

다음날 아침.

운도는 또 한 번 놀라야 했다.

객잔 앞에 네 필의 건장한 말이 끄는 마차 한 대가 있었던 것이다.

“먼 길 아닌가. 걷거나 말을 타는 것보다는 마차가 편하겠지. 안 그런가?”

아무렇지 않게 말하는 황 대인의 말에 운도는 어리둥절해졌다.

“그럼 저를 위해서 이걸……?”

“꼭 그렇지만은 않아. 나도 편하게 여행하고 싶지 그 먼 길을 고생하면서 가고 싶은 마음은 없거든.”

운도는 의아하게 생각했다.

마차도 그렇거니와, 황 대인이 종으로 부리는 네 명의 청년 때문이었다.

그들은 말을 타고 있었는데, 그 늠름한 모습에 눈이 휘둥그레질 지경이었다.

영기 발랄하고 기상이 씩씩한 것이 어느 집의 종이라고는 누구도 생각하지 못할 것이니 그렇다.

검을 찬다면 강호의 청년 협객으로 여겨질 만했고, 옷을 잘 차려입는다면 부잣집의 도련님 소리를 듣기에 충분해 보였던 것이다.

그들 외에 짐을 가득 실은 세 필의 말이 따로 마련되어 있었다.

지난 사흘 동안 성도에서 이것저것 돈이 될 만한 물건을 잔뜩 사 모은 모양이었다.

"이곳의 모피와 동백유, 면포와 옥돌, 그 밖에 금은 장신구는 다른 지방에서 아주 귀하게 여기는 것들이라네. 특히 남쪽으로 내려갈수록 더 많은 값을 받을 수 있지."

"역시 어디를 가든 이재(理財)를 생각하고 실천하시니 과연 상인 중의 상인이시로군요."

"하하, 호남에 가면 그곳의 특산품이 있으니 다시 돌아올 때는 그것들을 사 올 걸세. 남쪽의 물건이 이곳에서는 또 비싸게 팔리거든. 이렇게 해서 돈을 버는 게 내 업이니 불만은 없지. 하지만 하루도 편하게 쉴 수 없다는 게 원망스럽기는 해."

운도는 매사에 꼼꼼하고 부지런하며 자신의 본분을 잊지 않는 황 대인에게서 많은 감명을 받았다.

그와 황 대인이 마차에 오르자 처음 진강관에서 팔을 이끌었던 노인이 곧 마부석에 올라 마차를 몰고 떠났다.

행로는 일사천리로 진행되었다.

가는 동안 황 대인은 다른 곳에 들르지도 않았고, 어떤 날은 마차 안에서 먹고 자면서 길을 재촉하기도 했다.

운도는 가는 곳마다 황 대인의 영향력이 미치지 않는 곳이 없다는 걸 알고 내심 많이 놀랐다.

지난 보름 동안 수많은 현성을 지나왔는데, 그때마다 성문을 지키는 병사들이 황 대인을 알아보고 쉽게 통과시켜 주었던 것이다.

"어쩌면 그럴 수 있지요?"

운도가 놀란 얼굴로 묻자 황 대인이 빙긋 웃었다.

"온 세상을 떠도는 장사꾼에게만 있는 좋은 점 중 한 가지라네. 많은 사람들을 만나고 교분을 틀 수 있거든. 물론 그게 다 나를 이롭게 하기 위한 일이기는 하지만 말이야."

"큰 장사꾼이 되려면 원수가 있어서는 안 되겠군요?"

"그렇지. 소형제는 영특하구나. 빨리 배우겠는걸?"

황 대인이 껄껄 웃었다.

"그게 처세술이라는 거야. 장사를 하는 사람에게는 특히 필요하지. 원수가 있으면 언젠가는 내 장사에 방해가 될 게 아니겠나? 그러면 이문을 남기기는커녕 물건을 다 빼앗기고 목숨마저 잃는 화를 당하기도 하는 거라네. 장사꾼은 그걸 경계해야지. 그래서 가끔은 억울한 일을 당하면서도 참고 항상 웃는 낯으로 사람을 대하는 거야."

운도가 불만 어린 얼굴을 했다.

"그렇다면 진정으로 남을 대하지 않으니 백년지기를 만들 수도 없겠군요. 내가 진정으로 대하지 않으면 상대도 나를 그렇게 대하지 않겠어요?"

"뭐, 그렇다고 할 수도 있겠지."

“외로운 삶이군요.”

운도가 측은하다는 눈길로 황 대인을 바라보았다.

황 대인이 껄껄 웃었다.

“꼭 그렇지도 않아. 내 본심이야 어떻든 겉으로는 진정으로 대해주니 그 사람은 감격하게 되지. 그러니 장차 나에게 곤란한 일이 생겼을 때 역시 전심전력을 다해 도와주려고 하지 않겠나?”

“그건 옳지 않아요. 그 사람의 순박한 마음을 속이는 거잖아요.”

“그게 세상을 살아가는 요령이라네.”

“…….”

운도는 더 말하고 싶지 않았다.

여태까지는 황 대인의 호탕함과 화려함을 부러워했는데 이제는 그가 가여운 사람으로 여겨졌다.

“자, 자, 그런 고리타분한 얘기는 그만두고, 오늘은 또 무슨 얘기를 들려줄까?”

시무룩해졌던 운도의 얼굴이 즉시 밝아졌다.

“그 사람 얘기를 또 해주세요.”

“누구?”

“절대천마라고 불렸다는 그 엄청난 사람 말이에요.”

“풍약헌, 풍 영웅의 이야기 말인가? 지겹지도 않아? 벌써 열 번은 더 들었을 텐데?”

“그래도 다시 듣고 싶어요.”

"그럼 그러지."

황 대인이 빙긋 웃었다.

마차 안에서 지난 보름 동안 황 대인은 단운도를 말상대 삼아 온갖 얘기들을 들려주면서 지루함을 잊고 있었다.

각 지방의 풍물이며 풍습은 물론 사는 방식들과 특산물들.

정말 그런 곳이 있을까 싶을 만큼 기이한 골짜기며 산과 숲들.

온갖 신화에서 전설에 이르기까지 과연 그의 머릿속에는 이야깃거리가 넘쳐 났다.

온 천하를 돌아다녔다더니 그 말이 과장이 아니었던 것이다.

운도는 이 세상에서 황 대인보다 더 듣고 본 게 많은 사람은 없을 것이라고 단정했다.

그가 해준 그 많은 말속에는 간간이 강호의 영웅 협객들은 물론, 세상을 놀라게 했던 마두들에 대한 얘기도 섞여 있었다.

운도는 그런 이야기에 특히 흥미를 느꼈는데, 혹시라도 자신의 사부님에 대한 이야기를 들을 수 있을까 해서였다.

그러나 황 대인의 이야기 속에 사부 등 선생에 대한 말은 하나도 없었다.

그 대신 풍약헌이라는 희대의 영웅에 대한 이야기를 들을 수 있었고, 운도는 그 즉시 환호했다.

세상 사람들이 절대천마라고 부르는 그가 단운도의 머릿속에 영웅으로 각인된 데에는 황 대인의 영향력이 절대적이었다.

그는 풍약헌의 일대기를 구수하게 이야기하면서 영웅으로
서의 면모를 크게 부각시켰던 것이다.

아직 어리고 순진한 운도가 그 말에 빠져들어 세상에 풍약
헌보다 더 멋지고 뛰어난 영웅 호한은 없다고 믿게 된 건 당연
한 일이었다.

풍약헌이라는 이름은 그래서 단운도의 우상처럼 되어버렸
다.

그가 백도의 열 하늘이라는 백도십천의 고수들을 하나씩 격
파하는 이야기에 이르러서는 절로 가슴이 뛰고 주먹에 힘이
들어갔다.

황 대인은 마치 제가 곁에서 그 광경을 지켜보기라도 한 것
처럼 그럴듯하게 묘사해서 들려주었고, 운도는 그 대목을 몇
번씩이나 다시 듣곤 했다.

삼국지의 한 대목을 듣는 것 같아서 들어도 들어도 질리지
않았던 것이다.

그러면서 한 가지 엉뚱한 생각이 들었다.

'내가 찾아가고 있는 풍사곡주 위진평 대협이 바로 그 백도
십천으로 불리던 사람 중의 한 명이구나. 대단한 인물이었군.
하지만 절대천마 풍약헌에게 일패도지했다니 왠지 시시하게
여겨지는걸?

또 그런 위진평을 잘 알고 있는 사부에 대한 궁금증도 생겼
다.

하지만 사부는 황 대인이 말하는 백도십천의 인물 속에 들

어 있지 않으니 알 수가 없었다.

단운도는 풍약헌을 한 번 만나보고 싶었다.

그의 영웅적인 풍모를 볼 수만 있다면 제 일생에 있어서 가장 영광될 것이라고 생각한다.

하지만 그가 그때의 싸움 이후 종적을 감추어서 찾을 길 없고, 아직 살아 있는지 죽었는지도 알 수 없다니 안타까울 뿐이다.

다시 이틀 뒤, 단운도는 드디어 호남 땅에 들어섰고, 그것을 가로질러 남쪽 끝에 있는 광문산(廣門山)에 이르렀을 때는 그로부터 다시 닷새가 지난 뒤였다.

황 대인, 황준보는 굳이 운도를 그 광문산 아래까지 데려다주었다.

내일 풍사곡을 찾아가기로 하고 숙현(熟縣)의 한 객잔에 들어 마지막 밤을 보내며 운도는 감회가 새로웠다.

생전 처음 보는 황 대인 덕분에 이 먼 곳을 편히, 빠르게 왔으니 그렇다.

새삼 황 대인에 대한 고마움으로 가슴이 벅차오르는데, 그가 자상한 어투로 말했다.

"나는 소형제가 무엇 때문에 이 먼 곳까지 왔는지 모르고, 무엇 때문에 풍사곡으로 들어가려는지는 더더욱 모른다네. 원래 우리는 생판 모르는 남남이었지. 하지만 함께 여행하면서 든 정이 이제는 깊어졌으니 헤어지기가 쉽지 않을 것 같네. 오늘 밤은 잠이 오지 않을 것 같아."

단운도 역시 서운한 마음을 감추지 못했다.

"황 대인께서 이처럼 도와주시지 않았다면 저는 그 먼 길을 오는 중에 어떤 일을 당했을지도 모릅니다. 여기까지 무사히, 그리고 편안하게 오게 된 것이 모두 황 대인의 덕분입니다. 은혜를 크게 입었으니 언제든 기회가 온다면 반드시 보답하겠습니다."

정색을 하고 말하자 황 대인이 껄껄 웃었다.

"하하― 소형제의 그 말이 진심인가?"

"저는 실없는 소리를 할 줄 모른답니다."

"좋네, 자네의 그 말을 기억해 두지. 언젠가는 내가 자네의 도움을 받을지도 모르니까. 사람의 일이란 알 수 없는 것 아니겠나? 그때 가서 모른 척하면 안 되네."

"어찌 그런 일이 있을 수 있겠습니까? 언제든지 저의 힘이 필요하시다면 말씀해 주십시오. 열일을 젖혀두고 달려가 도와드리겠습니다."

호기롭게 말했으나 운도는 그 약속의 말 한마디로 인해 제가 장차 무수한 고난을 겪게 되리라고는 꿈에도 생각하지 못했다.

"그 말을 들으니 마음이 든든해지는군. 천군만마를 얻은 기분일세. 하하―"

그윽한 눈으로 단운도를 바라보던 황 대인이 엄숙한 표정이 되었다.

“나는 강호와 상관없는 인물이라 풍사곡이 어떤 곳인지 잘 모르네.”

“황 대인께서 이야기해 주신 백도십천 중의 한 곳이지요. 그곳의 곡주이신 검진삼협 위진평 대협께서 바로 십천 중 한 명이시니 대단하지 않습니까? 비록 풍약헌이라는 대영웅에게 패배했지만 말입니다.”

“그렇군.”

어쩐지 황 대인의 말투가 심드렁했지만 운도는 신경 쓰지 않았다.

황 대인이 다시 말했다.

“그가 영웅인지 아닌지는 내가 직접 겪어본 게 아니니 뭐라고 말할 수가 없지. 하지만 그 역시 강호의 물을 먹고사는 무인인 이상 한 가지는 분명할 것이네.”

“무엇입니까?”

“나는 수많은 사람을 만나보았고 그들과 교분을 맺었는데, 그러다 보니 강호의 인물들도 적지 않게 사귀게 되었네.”

“그러시겠지요.”

“그들과 교류하면서 느낀 공통점이 한 가지 있지. 그게 무엇인지 짐작하겠나?”

“모르겠습니다.”

“그럴 거야. 소형제는 아직 어리고 세상 경험이 일천하니까.”

헛기침을 한 황 대인이 정색을 하고 다시 말했다.

"내 말을 잘 듣게. 장차 소형제가 강호에서 살아가자면 적지
않게 도움이 될 테니까."

"말씀하십시오."

"강호의 인물들이란 고수와 하수를 막론하고 명예욕이 지
나치게 강하다네. 누가 자신의 자존심을 건드리거나 무시할
것 같으면 목숨을 내걸고 싸우려고만 들지 타협이란 없네."

운도는 충분히 그럴 것이라고 생각했다.

오직 힘을 자신을 나타내는 유일한 수단이라고 생각하는 사
람들 아닌가.

그러니 한번 부딪치면 반드시 피를 보게 되리라.

사부님의 일만 해도 그랬다.

온화하고 근엄하기만 한 사부의 어디에 원수와 목숨을 걸고
싸우려 하는 모습이 있었단 말인가.

하지만 사부님은 죽음을 각오하고 싸우러 갔으니 그 역시
강호인으로서의 자부심을 버리지 못해서일 것이다.

그런 생각들이 단운도를 우울하게 했다.

자신의 앞날 또한 그와 같아질 것이라는 생각이 들어서였
다.

"위진평이라는 사람도 그와 같을 걸세. 그러니 소형제는 언
제나 긴장하고 경계해야 할 것이야."

"예?"

"소형제가 굳이 이 먼 길을 와서 위진평을 찾아가는 건 그에
게 무공을 배우기 위해서가 아닌가? 아니면 다른 이유가 있어

서인가?"

운도는 황 대인이 이미 저의 목적을 눈치챘다는 걸 알았다.

사부님은 말했다. 풍사곡에 가면 위진평을 사부처럼 모시라고. 그 말은 곧 그에게 무공을 배우라는 것 아니겠는가.

또 위진평이 저를 받아주는 건 역시 무공을 가르쳐 주겠다는 무언의 허락이기도 하리라.

황 대인의 말이 계속되었다.

"위진평이 훌륭한 사람이니 그에게는 이미 문하제자들이 있을 것이네. 자네는 말하자면 굴러온 돌인 셈이지. 그러니 겸손하지 않으면 그들에게 미움을 받게 될 걸세. 그래서야 뜻한 바를 이루기 힘들지. 또 자존심 때문에 서로 마찰이 생겨서 앙심을 품는 자가 생기게 된다면 장차 그자가 자네의 일에 커다란 장애가 될지도 모르고. 그렇지 않은가?"

운도는 황 대인이 자신의 처세술을 배우라고 말하는 것임을 알았다.

그리고 지금의 상황에서는 그게 스스로를 보신하는 유일한 길임도 이해했다.

"명심하겠습니다. 결코 저를 내세우지 않고 언행을 겸손하게 하겠습니다. 친구를 만들지언정 적은 만들지 않도록 늘 조심하지요."

"그래야지. 그래야 현명한 사람이라고 할 수 있네. 자네가 그것만 잊지 않고 지킨다면 위진평이 아무리 까다로운 사람이고 그의 흉중이 음흉하다고 해도 자네를 해치지 못할 걸세. 의

인은 언제나 하늘이 도와주는 법이니까."

황 대인은 은연중에 위진평을 음흉하고 믿지 못할 자로 단정하고 있었다.

하지만 운도는 앞으로 자신이 낯선 곳에서, 낯선 사람들 속에서 어떻게 처신해야 할 것인지를 생각하느라고 역시 그 말을 깊이 새겨듣지 못했다.

머릿속이 복잡하기 짝이 없었던 것이다.

사부님과 둘이서만 살아온 여태까지의 삶과는 전혀 다른 환경 속에 불쑥 뛰어들게 되는 것이라 두려움도 커진다.

다음날, 아침 일찍 황 대인은 형산을 향해 떠났다.

그곳의 특산물인 차와 공예품을 사서 이번에는 강서성으로 간다고 했다.

아쉬운 작별을 하고 나자 운도는 처음과 마찬가지로 혼자가 되었다.

그의 손에는 황 대인이 전별금이라며 건네준 전낭이 들려 있었다.

무려 이백 냥의 은자가 들어 있는 묵직한 전낭이다.

운도가 필요없다며 한사코 거절했지만 황 대인은 어디에 있든, 무엇을 하든 사람 사는 세상에서 벗어나지 않는 한 돈이라는 건 반드시 필요하다며 막무가내로 건네주었던 것이다.

이별의 안타까움에 그 전낭의 무게까지 더해져서 운도의 마음을 더욱 무겁게 했다.

지난 한 달여 동안 듬뿍 정이 든 황 대인을 보내는 마음이 서글프기 짝이 없다.

그래서 그는 언덕 위에 올라서서 황 대인의 일행이 보이지 않을 때까지 손을 흔들어주었다.

언제 다시 만날 수 있을지 모르지만 그때까지 황 대인이 여전히 건강하게 살아 있어주기를 마음속으로 간절히 기원하면서.

第六章
풍사곡(楓沙谷)

마룡의 후예

풍사곡은 광문산의 남쪽에 있었다.

그 일대에서는 모르는 사람이 없었으므로 찾기가 더욱 쉬웠다.

그곳은 오직 검진삼협 위진평이라는 걸출한 인물 한 사람 때문에 그처럼 유명하게 된 곳이다.

한때는 백도무림의 성역이었으면서 지금은 금지(禁地)가 되어 있는 곳.

그 이름이 아직도 세상에 널리 퍼져 있지만 누구도 출입할 수 없는 곳이 바로 현재의 풍사곡이다.

봉문한 이후 위진평은 지난 십오 년 동안 한 번도 곡 밖으로 나오지 않았고, 그를 찾아 먼 길을 온 많은 사람들 중 한 명도 풍사곡 안으로 들어간 자가 없었다.

그곳은 세상을 등지고 철저하게 폐쇄되었던 것이다.

그런 만큼 과연 위진평이 자신을 들여보내 줄 것인가 하는 게 단운도가 직면한 당장의 걱정이었다.

그런 저런 생각들로 심란해져서 천천히 깊은 골짜기를 따라 걸어 들어가는 동안 점점 인적이 드물어지더니 드디어 완전히 끊어져 버렸다.

세상으로부터 뚝 떨어진 외딴 섬인 것 같다.

넓은 골짜기의 좌우에 버려진 집들이 즐비했다.

한때 풍사곡을 찾는 사람들이 구름처럼 끊이지 않고 몰려들었을 때에 그들을 상대로 장사를 하기 위해 만들어진 마을이었다.

하지만 인적이 뚝 끊어진 지난 십오 년 동안에 하나둘 집이며 영업장을 버리고 떠나 지금은 이처럼 귀신이라도 나올 듯이 을씨년스럽게 변해 버린 것이다.

짐승조차 보이지 않는 그 길을 터벅터벅 걸어 올라가는 사람은 오직 단운도 혼자였다.

여태까지 살아온 그의 십오 년 삶을 보여주는 것 같고, 앞으로 살아가야 할 남은 삶의 길을 보여주는 것 같기도 했다.

골짜기는 깊이 들어갈수록 좁아져서 두 사람이 겨우 어깨를 맞대고 걸을 만해졌다.

원래는 넓은 길이 있었던 모양인데 지난 세월이 그것을 갉아먹은 것이다.

잡풀이 무성하게 자라고 나무들이 어지럽게 나서 길조차 끊어진 것처럼 되었을 무렵에 저 안쪽으로 절의 산문처럼 웅장하게 솟아 있는 대문이 보였다.

거기서부터는 온통 단풍나무 천지였다.

큰 것은 두 아름은 족히 되어 보이고, 작은 것도 한 아름 가까이 되어 보이는 단풍나무들이 온 골짜기를 가득 메우고 있었던 것이다.

골짜기를 굽이굽이 흐르는 맑은 개울가에는 어느 곳이든 흰 모래가 고운 가루를 뿌려놓은 것처럼 펼쳐져 반짝였다.

단운도는 바로 그러한 풍경 때문에 이곳을 풍사곡(楓沙谷)이라고 부르는 모양이라고 생각했다.

키를 웃도는 잡풀들을 헤치며 드디어 대문에 이르렀다.

골짜기 입구에서부터 족히 십여 리는 걸어 들어왔을 것이다.

끝없이 펼쳐진 것 같은 골짜기가 웅장하게 솟아 있는 대문과 붉은 담으로 막혀 있었다.

우뚝 솟아 있는 중앙의 문과 그보다 작은 좌우 양쪽 세 개의 문으로 이루어진 대문은 풍사곡 안으로 들어갈 수 있는 유일한 문이기도 했다.

정면의 높은 문까지는 계단 없이 경사로를 만들어 마차가 출입할 수 있게 했고, 좌우의 작은 문은 이끼가 잔뜩 끼어 있는 돌계단을 올라가야 했다.

돌계단 위에 청동의 커다란 사자상이 수문장처럼 버티고 있었는데, 그것들 또한 이끼에 덮여 있었다.

지난 십오 년 동안 한 번도 손질을 하지 않은 게 틀림없다.

굳게 닫혀 있는 문 앞에 이른 단운도는 난감했다.

아무리 봉문을 하고 은거했다고 해도 그렇지, 이처럼 무인지경같이 변한 곳에 과연 사람이 살고 있을 것인가 싶었던 것이다.

어쩌면 이곳을 버려두고 다들 다른 곳으로 떠나 버린 건지도 모른다는 생각도 들었다.

만약 그렇다면 이 먼 길을 찾아온 게 모두 허사가 되지 않겠는가.

한숨을 쉰 단운도가 굵고 커다란 청동의 문고리를 잡고 두드렸다.

쿵, 쿵—

대문을 두드리는 소리가 웅장하게 골짜기에 울려 퍼졌다.

그건 곧 단운도가 제 앞에 펼쳐질 새로운 세상의 문을 두드리는 소리이기도 했다.

운명의 문이기도 한 것이다. 운도는 지금 그걸 두드리고 있었다.

안에서는 아무런 기척도 없었다.

얼마나 기다렸을까.

단운도가 다시 문고리를 잡았을 때다.

"누구요?"

비로소 걸걸한 음성이 들려왔다.

"위 곡주님을 뵙기 위해 사천 송번현에서 온 단운도라고 합
니다."
오천여 리의 길을 왔다는 음성의 주인이 어린 소년이라는
걸 알아서 놀란 것일까?
잠시 무엇을 생각하는지 말이 없더니 다시 걸걸한 음성이
대꾸했다.
"곡주님은 아무도 만나뵐 수 없다. 그러니 돌아가."
"곡주님께 꼭 전해드려야 할 서찰을 가지고 왔습니다."
대문 안쪽에서는 다시 한동안 침묵이 흘렀다.
사천 북쪽 송번현에서부터 가지고 온 서찰이라니 중요한 것
일 게 틀림없다고 판단했을 것이다.
비로소 왼쪽의 문이 조금 열리고 사십대의 장한이 밖을 내
다보았다.
단운도는 그의 얼굴 반쪽밖에는 볼 수가 없었다.
장한이 손을 내밀고 말했다.
"서찰을 줘. 보주님께서 과연 받아보실지 어떨지는 모르지
만 전해드리기는 하겠다."
단운도가 그동안 품에 넣고 다니느라고 꼬질꼬질해진 서찰
을 건네주었다.
단단히 밀봉되어 있고, 겉에는 '풍사곡주 위 형 친전' 이라
고 단아한 필체로 적혀 있었다.
낚아채듯이 서찰을 받아든 장한이 다시 쿵! 소리가 나도록
문을 닫았다.

단운도의 마음에 섭섭함이 가득해졌다.

먼 길을 온 사람에게 이처럼 대하는 건 예의가 아니기도 하려니와, 무시당하고 있는 것 같다는 생각을 떨쳐 버릴 수 없었던 것이다.

맥없이 돌계단에 주저앉아 얼마나 기다렸을까, 비로소 작은 문이 활짝 열렸다.

놀라서 일어선 단운도가 바라보니 문 안쪽에는 두 명의 검은 옷을 입은 사내가 서 있었다.

그중 한 명은 한참 전에 서찰을 받아갔던 그 장한이고, 나머지 한 명은 이십대의 영준하게 생긴 청년이었다.

그들이 호기심 가득한 눈으로 단운도를 이리저리 훑어보았다.

문 안은 문 밖과는 전혀 다른 세상이었다.

청석이 깔린 너른 광장이 있는데, 좌우에 높은 절벽이 병풍처럼 막아선 이런 곳에 이와 같이 넓은 분지가 있다는 게 신기하게 여겨졌다.

텅 빈 광장에는 사람의 그림자 하나 보이지 않아 을씨년스럽기 짝이 없었다.

그곳을 지나가자 다시 담과 문이 나왔고, 단풍나무 숲으로 이루어진 정원이 나타났다.

몇 채의 전각과 그것들을 이어주고 있는 고풍스런 낭하가 있었지만 역시 사람의 그림자도 보이지 않았다.

운도는 이 넓은 곳에 설마 지금 자신을 인도해 가고 있는 두 사람만 사는 건 아닌가 하고 의아하게 여겼다.

그렇게 몇 개의 담과 문을 지나자 다른 그 어떤 곳보다 아담하고 소박하게 꾸며진 정원이 나왔다.

아름드리 단풍나무 사이로 복숭아며 살구나무가 서 있고, 연잎 가득한 연못이 있었다.

그리고 흰 칠을 한 단정하고 깨끗한 집이 한 채 있었는데, 여기까지 오면서 보았던 웅장한 전각들과는 달리 작고 소박했다.

그윽한 운치가 있는 것이 별세계인 것 같다.

〈풍정향거(楓情鄉居)〉라는 금색 현판이 그 소축(小築)의 유일한 장식인 셈인데, 용비봉무하는 듯한 서체가 돋보였다.

"이곳이 곡주께서 기거하시는 곳이다."

감시라도 하듯이 곁에서 내내 붙어 따라온 이십대의 청년이 엄숙한 얼굴로 그렇게 말했다.

"아!"

운도가 탄성을 터뜨렸다.

이처럼 선경과 다름없는 곳에서 살고 있으면 바깥세상에 나가고 싶은 마음이 절로 사라질 것이다.

그러니 지난 십오 년의 봉문은 위진평에게 있어서 답답한 세월이 아니라 선경을 노니는 한가롭고 여유있는 세월이었을 거라는 생각이 들었다.

"기다리신다. 들어가 봐. 언행을 조심하는 것 잊지 말고."

청년이 재촉했을 때에야 운도는 정신을 차리고 소축을 향해 걸음을 떼어놓았다.

그는 글씨 쓰는 일에 푹 빠져 있었다.

삼매경이 무엇인지를 절로 느끼게 해준다.

오래 은거하고 있었다더니 검 대신 붓을 들게 된 건가 하는 의문이 들 정도였다.

운도는 한쪽에 공손히 서서 그것을 지켜보며 사부님을 떠올리지 않을 수 없었다.

사부님도 검을 잡는 일이 전혀 없지 않았던가.

때때로 저와 같이 서도에 몰두했는데, 그럴 때면 무아지경을 노닐고 있다는 게 절로 느껴졌다.

검진삼협 위진평.

검 하나로 사마(邪魔)와 자기 자신을 극복했다는 위대한 검사.

그의 주위에는 먹을 잔뜩 머금은 화선지가 가득 널려 있었다.

다시 한 장의 종이가 서탁 아래로 떨어지고 위진평은 새 종이 위에 힘차게 붓을 놀리고 있었다.

그는 육십 살쯤 되어 보이는 노인이었다.

하지만 팽팽한 붉은 얼굴빛과 꼿꼿한 허리는 청년의 그것과 다름없었다.

그가 화선지 위에 커다랗게 〈검진(劍鎭)〉이라는 두 글자를 썼다.

비로소 붓을 내려놓고 조용히 돌아본다.

그 순간 단운도는 숨이 막히는 것 같은 느낌을 받았다.

그저 조용히 바라볼 뿐인데도 위진평에게서 풍겨 나오고 있는 무형의 위엄이 그를 압도한 것이다.

"너는 이것을 무엇이라고 읽느냐?"

갑작스런 물음에 더욱 당황하게 된다.

단운도가 얼떨결에 대답했다.

"검… 진… 입니다."

칼 검(劍)에 진압할 진(鎭) 자이니, 검으로 세상 모든 것을 제압한다는 의미가 아닌가.

호쾌한 뜻이다.

또한 위진평 자신의 별호 중 앞의 두 글자이기도 하다.

하지만 그는 낯을 찌푸리고 고개를 가로저었다.

"틀렸다."

단호한 음성이다.

"이것을 뜻하는 말은 어디에도 없다. 그러니 읽을 수도 없는 것이지."

"……?"

"그러므로 이것은 그저 익숙한 하나의 문양일 뿐이다."

억지스럽다. 놀리는 것도 같다.

하지만 운도는 감히 뭐라고 말할 수 없었다.

그만큼 그 말을 하는 위진평의 기색이 엄숙했고, 기도가 장중했던 것이다.

그리고 허무가 느껴졌다.

그것은 무어라고 표현할 수 없는 텅 빈 기운이었다. 공허하면서 적막했다.

운도는 그런 위진평의 모습에 눈이 부셨다. 똑바로 바라볼 수가 없다.

사부님과는 전혀 다른 그 느낌은 생소하기만 했다.

그리고 이어지는 생각은 '무섭다' 는 것이었다.

운도는 겁이 더럭 났다.

위진평이 거대한 바위 봉우리처럼 느껴졌던 것이다.

그것이 저를 짓누르며 쏟아져 내리는 것만 같다.

지그시 단운도를 바라보던 위진평이 물었다.

"몇 살이냐?"

"열다섯 살입니다."

"흠—"

그가 나지막하게 한숨을 쉬고 침묵했다.

운도는 도대체 위진평이 무슨 생각을 하는 건지 짐작할 수 없었다.

한참 만에야 위진평이 다시 물었다.

"네 사부가 달리 전하라는 말은 없더냐?"

"이곳에 도착하면 위 대협을 사부님처럼 모시라는 것 외에는 없었습니다."

"좋다. 너는 이제부터 나를 숙부라 불러라."

위 대협이라는 호칭이 귀에 거슬린 모양이었다.

위진평이 다시 단운도의 몸 구석구석을 뚫어지게 바라보았다. 안광이 형형한 것이 마치 소년의 몸을 꿰뚫기라도 할 것 같았다.

"네 사부에게서 무엇을 배웠느냐?"

"풍운검법 한 가지입니다."

"풍운검법?"

처음 들어본다는 듯 그가 머리를 갸웃거렸다.

"보여줄 수 있겠지?"

텅 빈 뜰에 단운도가 철검 한 자루를 쥐고 우뚝 섰다.

오직 위진평만이 풍정향거의 난간에 서서 바라볼 뿐이다.

운도는 잠시 망설였다.

사부님의 말씀이 문득 떠올랐기 때문이다.

재주를 감추고 다 드러내 보이지 말라고 하지 않았던가.

호흡을 고른 단운도가 드디어 풍운검법을 제일초 일기승천에서부터 마지막 칠초인 풍운적멸에 이르기까지 차례차례 펼치기 시작했다.

아름다움 중에 지극한 위험과 위력을 내포하고 있는 검법이 물 흐르듯이, 바람이 불듯이, 구름 흘러가듯이 펼쳐졌다.

그러나 사부 앞에서 펼쳐 보이던 그때의 검법과는 달랐다. 제 실력의 절반을 숨긴 것이다.

말없이 그것을 바라보던 위진평의 눈빛이 더욱 형형하게 빛나기 시작했다.

단운도가 검법을 끝내고 읍하자 잠시 말이 없던 위진평이 미심쩍다는 듯 물었다.

"그게 풍운검법이라는 것이냐?"

"그렇습니다."

"네 사부에게서 배운 게 고작 그것뿐이라고?"

"그렇습니다."

"허— 도대체 그 친구가 무슨 생각을 하고 있는 건지 알 수가 없구나. 지난 세월 동안 고작 저런 검법이나 만들어내고 있었단 말인가?"

단운도는 그가 책망하고 있다는 걸 눈치챘다.

제가 본래의 실력을 숨기고 있다는 걸 눈치챈 건지, 아니면 사부님의 검법에 대한 책망인지 모를 일이다.

궁금했지만 감히 내색할 수는 없었다.

그저 담담한 듯이 묵묵히 허공을 바라보며 가슴을 졸이고 있을 뿐이다.

목이 바작바작 타들어갔다.

그날부터 단운도는 풍사곡에 머물게 되었다.

풍사곡은 원래 강호의 한 문파처럼 많은 사람들이 살던 곳인데 지금은 곡주인 위진평과 그의 딸 위서향(魏西香), 세 명의 직계제자, 그리고 곡을 관리할 십여 명의 곡인들만 남아 있었다.

봉문을 선언하면서 수백 명이나 되던 문도를 다 내보낸 것이다.

그들이 기거하던 크고 화려한 전각들도 지난 세월 동안 돌보는 이 없이 버려져서 낡고 추레하게 변해 있었다.

이처럼 크고 넓은 곡 안에 고작 열다섯 명의 사람만 기거하고 있으니 종일 가도 말상대할 사람 한 명 만나기 힘들었다.

곡 안에 기거하고 있는 사람들을 볼 일은 아침과 점심, 그리고 저녁 식사 때뿐이었다.

그때만큼은 모든 사람이 식당에 모였던 것이다.

물론 위진평과 위서향은 나오지 않았다.

수백 명의 사람들이 한꺼번에 식사를 하던 드넓은 식당이었는데, 고작 십여 명이 모여서 식사를 하려니 어색했다.

곡인들은 그 식사 자리에 낯선 소년이 갑자기 끼어들었으니 궁금하기도 할 것이다.

그러나 운도가 온 지 벌써 이틀이 지났지만 식당에서 마주친 곡 내의 사람 중 누구도 다가와 네가 누구냐고 묻지 않았다.

다들 단운도를 힐끔거리기만 할 뿐 묵묵히 저 할 일만 했다.

그건 위진평의 제자들도 마찬가지였다.

운도는 첫날 저를 인도해 왔던 이십대의 청년이 바로 대제자인 이귀율(李貴律)이라는 걸 알았다.

조각처럼 이목구비가 반듯하고 피부가 흰 잘생긴 스물두 살의 청년이었는데, 항상 무표정한 얼굴이었다.

내심을 짐작하기 어려운 사람인 것이다.

그래서 이틀이 지났을 뿐이지만 운도는 대사형 이귀율을 대하기가 검진삼협 위진평을 대하는 것만큼이나 어려웠다.

그 앞에 앉아 있는 두 사람 중 한 명은 이제자인 양문창(楊文暢)이었다. 스물한 살이고, 단아한 용모에 허약해 보이는 체구를 가지고 있었다.

검을 수련하는 사람이 아니라 과거를 준비하는 유생이라고 해야 더 어울릴 그런 모습인 것이다.

혈기 방장한 나이이지만 선비의 점잖고 고상한 풍모가 배어 있었다.

그리고 마지막 세 번째 제자는 열여덟 살의 곽서언(郭瑞堰)이었다.

얼굴에 여드름이 가득하고 눈빛이 교활하게 반짝였다.

가끔씩 턱을 오만하게 치켜들고 눈을 가늘게 해서 이리저리 두리번거리는 것이 한껏 자부심이 높은 자라는 걸 알게 해주었다.

제가 최고라는 생각에 사로잡혀 세상 모든 게 만만하게 보이기만 하는 그런 나이인 것이다.

그들은 저희들끼리 모여 앉아 식사를 하며 단운도를 힐끔거렸다.

경계하는 것 같기도 하고 호기심을 간신히 참고 있는 것 같기도 했다.

그들의 눈길을 느낄 때마다 단운도는 무안해서 몸둘 바를 몰랐다.

　밥알이 자꾸 입 안에서 곤두서는 통에 제대로 넘기기도 힘
들다.

　운도는 아마도 위진평이 함구령을 내린 모양이라고 짐작했
다.

　그러지 않고서는 다들 짠 듯이 저를 이토록 무시할 리가 없
지 않은가.

　그래서 운도는 외톨이가 되었다.

　낯선 곳에서 낯선 사람들의 눈길을 받으며 혼자서 밥을 먹
어야 한다는 것처럼 고역스런 일이 없다는 걸 처음으로 뼈저
리게 느꼈다.

　운도는 심심하기 짝이 없었다.

　사흘이 지났지만 위진평은 그동안 한 번도 부르지 않았다.

　무얼 가르쳐 주려는 생각조차 없는 것 같았다.

　운도가 하는 일이라고는 종일 저의 처소로 지정된 한구석의
낡은 전각 안을 서성이는 게 다였다.

　그곳은 화평전(和平殿)이라고 하는 곳인데, 일곱 개의 방과
넓은 정청, 회랑이 있는 이층의 전각이었다.

　텅 빈 그곳을 운도 혼자서 쓰고 있었던 것이다.

　그러니 을씨년스럽기 짝이 없어서 밤이면 무섭기까지 했다.

　운도는 화평전을 떠나지 않았다.

　나가봐야 말상대를 해주는 사람도 없고, 혼자서 곡 내를 돌

아다니기도 멋쩍었기 때문이다.

그래서 식사 시간이 되어 식당으로 갈 때 외에는 종일 저의 거처에서 머물고 있었다.

절간도 이런 절간은 없을 것이라는 생각이 들 정도로 적막한 날들이었다.

때로는 식사마저 거르기도 했다.

식당에 갈 때마다 부딪치게 되는 다른 사람들의 무심한 눈길 때문이었다.

무관심을 넘어서 의심과 경계의 기색마저 느껴지지 않았던가.

누구 하나 친해질 수 없는 그런 사람들과 어울린다는 게 운도에게는 혼자서 노는 것보다 훨씬 더 힘든 일이었다.

운도는 종일 넓은 정청 안을 맴돌며 부러진 의자 다리를 검 삼아 사부님의 풍운검법을 연습했고, 운기조식으로 시간을 보냈다.

이곳에 온 지 닷새째 되는 그날도 풍운검법의 초식들을 되풀이해 연습하느라고 이마에 송골송골 땀방울이 맺혀 있을 때였다.

"그 검법은 좀 이상한데? 변화가 너무 복잡해 보여. 실전에서 그게 얼마나 도움이 될지 몰라? 어쨌든 익히기 까다롭겠는걸."

문득 낯선 음성이 짜랑짜랑 들려왔다.

깜짝 놀라 돌아본 운도는 멍해지고 말았다.

　방문 밖에 붉은 옷을 입은 소녀가 그 옷만큼이나 붉은 볼에 웃음을 띠고 서 있었던 것이다.

　운도는 즉각 그녀가 아직까지 얼굴 한 번 보지 못한 위서향이라는 걸 알았다.

　위진평이 말년에 얻은 유일한 혈육이면서 풍사곡의 꽃인 것이다.

　그녀는 운도보다 두 살이 많은 열일곱 살이었다.

　"아, 위 소저."

　운도가 당황하여 얼굴을 붉혔다.

　누가 이렇게 저의 처소로 찾아와 준 건 처음인데, 그 사람이 위서향이라 의외이면서 놀랍기도 했던 것이다.

　그녀가 성큼 안으로 들어와 휘둘러보더니 머리를 끄덕였다.

　"네가 단운도라지?"

　"그렇소이다."

　"생각했던 것보다 잘생겼네. 의젓하기도 하고. 호호호—"

　그녀가 그렇게 말하고 까르르 웃었으므로 운도의 얼굴이 더욱 붉어졌다.

　눈 둘 데를 찾지 못하고 안절부절못하는 모습이 혼날 걸 기다리는 아이 같기만 하다.

　그런 단운도를 재미있다는 듯 바라보던 위서향이 다시 말했다.

　"조금 전에 본 그게 풍운검법이라는 거야?"

　"그, 그렇소이다."

“호호, 말투가 그게 뭐야? 생긴 건 소년인데 말투는 꼭 늙은 이 같잖아? 징그럽다, 애.”

“그게, 저기…….”

“편하게 말해도 돼. 누나라고 생각하고 말이야.”

위서향이 활짝 웃었으므로 운도는 그만 가슴이 쿵 하고 내려앉는 것 같은 충격을 받았다.

제 심장이 터질 듯이 쿵쾅거리는 소리가 귀에 가득해서 머릿속이 다 울린다.

“사형들에게 네 이야기를 들었지. 어떻게 생긴 아이일까 궁금했는데 오늘 보니 귀동이었네. 사형들 말로는 무슨 괴물같이 생겼다던데.”

“예?”

“아버님이 그러시더라? 너의 풍운검법이 기이하다고 말이야. 그래서 궁금했는데 오늘 보게 되었으니 다행이지 뭐야.”

“하지만 위 숙부님은 못마땅해하신 것 같았는데…….”

“그거야 너의 솜씨가 형편없어서이겠지, 뭐. 하지만 낙심할 건 없어. 이 누님이 잘 지도해 줄 테니까. 물론 그전에 나에게 잘보여야겠지? 호호호—”

“고맙소이다.”

“쯧쯧, 그 말투 좀 고치라니까? 징그럽다고 했잖아.”

위서향이 눈살을 찌푸렸다. 흘겨본다.

운도에게는 그런 그녀의 모습이 더 큰 충격이었다. 온몸에 전류가 흐르듯 짜릿해지면서 다리가 후들거렸다.

등에 진땀마저 배어난다.

운도가 즉시 시선을 돌렸다. 그녀를 보고 있다가는 넋이 나가 버릴 것 같았기 때문이다.

"누나라고 불러봐."

"누, 누… 님……."

"누님 말고 그냥 누나. 해봐."

"누… 나……."

"그래, 훨씬 듣기 좋네."

그녀가 다시 까르르 웃었다.

"내 소원이 뭐였는지 알아?"

"……?"

"너 같은 남자 동생을 하나 갖는 거였어. 어렸을 때는 아버지를 막 졸라댔지. 인형 말고 살아 있는 남자 동생 하나 당장 갖다 달라고 말이야. 떼쓰다가 혼나기도 많이 혼났다."

그 모습이 상상이 되는 것이어서 운도의 입가에 비로소 웃음이 맺혔다.

"그 봐. 그렇게 웃으니까 훨씬 보기 좋네. 나를 보면 늘 그렇게 웃는 거야. 알았지?"

"응."

"응?"

운도의 대답에 눈을 동그랗게 뜬 위서향이 재미있다는 듯 다시 까르르 웃었다.

붉은 구름 덩이가 온통 출렁거리는 것 같다.

“그래, 그렇게 말해. 그렇소이다, 아니올시다 하지 말고.”

“응. 누나가 원한다면 그렇게 할게.”

아직도 쑥스럽기는 했지만 운도는 마음이 훨씬 편해졌다.

말이라는 게 참 묘한 힘을 가졌다고 생각한다.

말을 놓자 처음 보는 위서향이건만 당장 그녀와 아주 가까운 사이가 된 것같이 느껴지기도 했던 것이다.

“오늘 저녁은 아버님과 함께 식사를 해야 해. 그러니 깨끗한 옷으로 단정하게 입고 와.”

이곳에 온 이래 여태까지 한 번도 그런 적이 없었으므로 운도는 어리둥절해졌다.

“오늘이 무슨 날이야?”

“아버님의 육십일 세 생신이야.”

그것도 모르고 있었느냐는 얼굴로 그녀가 곱게 눈을 흘겼다.

“아! 큰일 났다.”

“뭐가?”

“나는 아직 선물을 준비하지 못했어.”

“핏, 그런 건 필요없어. 그냥 참석하기나 해.”

“그래도…….”

입을 삐죽 내밀어 보인 위서향이 돌아서더니 간다는 말도 없이 춤추듯 걸어나갔다.

단운도는 멍하니 그런 그녀의 뒷모습을 바라보았다.

가지 말라고, 더 이야기하자고 소리치고 싶은 마음이 굴뚝 같았다.

그녀의 옷소매라도 붙들고 싶다.

하지만 그는 그 자리에 얼어붙은 것처럼 꼼짝도 하지 못했다.

그녀가 뿌린 마법의 가루를 뒤집어쓰고 그녀의 포로가 되어버린 것 같았다.

전각 문지방을 넘어서던 위서향이 문득 돌아보았다.

"참, 너도 백도십천의 공동전인이 되려고 한다면서?"

엉뚱한 말이다.

운도는 어리둥절해지고 말았다.

위서향이 활짝 웃으며 손을 흔들었다.

"잘해봐. 누가 될지는 모르지만 너도 후보자 중 한 명이라니 가능성이 십분지 일만큼은 있는 것 아니겠어?"

그러더니 다시 살짝 눈살을 찌푸리고 흘겨보았다.

운도에게는 그녀의 그런 모습이 충격적이기만 했다.

언제든 위서향이 저렇게 눈살을 찌푸리고 곁눈으로 흘겨본다면 꼼짝도 하지 못하게 될 것 같다.

"하지만 지금으로서는 어째 영……."

고개를 갸웃거린 그녀가 손을 흔들어주고 빠른 걸음으로 사라졌다.

한동안 멍하니 그녀가 사라진 곳을 바라보고 서 있던 단운도가 고개를 갸웃거리며 중얼거렸다.

"백도십천의 공동전인? 그게 뭐지?"

처음 듣는 말이었다.

그래서 운도는 제가 잘못 들었던지, 그녀가 잘못 알고 있는 거라고 여겼다.

"쳇."

툴툴 털어버리고 돌아섰지만 여전히 마음 한구석에 찜찜한 앙금이 남았다.

저녁 만찬은 특별히 위진평의 거처인 풍정향거에서 베풀어졌다.

정청에 긴 식탁이 놓이고 향기로운 음식이 가득 쌓였지만 단운도의 눈길은 좀체 음식으로 향하지 못했다.

위진평의 곁에 앉아 있는 붉은 옷의 소녀 위서향에게서 눈을 뗄 수가 없었던 것이다.

그녀는 미인도 속에서나 볼 수 있는 사람이 아닐까 싶을 정도로 아름다운 소녀였다.

위진평은 일찍 아내를 여의고 그녀를 이날까지 손수 키웠다고 했다.

그만큼 하나뿐인 딸에 대한 애정이 깊고 클 것임을 쉽게 짐작할 수 있다.

가끔씩 그녀를 바라보는 두 눈에 따뜻한 정감이 가득 들어 있는 것만 봐도 그렇다.

그때의 위진평은 위엄이 가득하고 근엄한 풍사곡주가 아니었다.

성숙한 딸을 대견스럽고 사랑스럽게 바라보는 늙은 아버지였을 뿐이다.

그의 그런 모습을 훔쳐볼 때마다 운도에게는 사부의 생각이 간절해졌다.

그건 얼굴도 이름도 알지 못하는 아버지와 어머니에 대한 그리움이기도 했다.

그들이 살아 있었다면 저에게도 바로 저와 같은 눈길을 보내주었을 것이라는 생각이 새삼스럽게 한으로 가슴에 맺힌다.

위서향은 단풍이 타는 것처럼 붉은 옷을 입고 있었다.

그것과 어울리는 붉은 두 볼이 탱탱하고, 크고 맑은 눈이 별처럼 반짝였다.

붉은 입술과 갸름한 턱과 고운 목덜미.

눈에 넣어도 아프지 않을 그런 아름다운 소녀를 단운도는 여태까지 본 적이 없었다.

송번에서 보았던 강족이나 장족의 여자 중에도 눈이 번쩍 뜨일 만큼 아름다운 소녀들은 있었다.

하지만 귀품에 있어서는 그 누구도 위서향을 따라갈 수 없을 것이다.

태생적인 우아함에 도도함까지 더해져서 그녀는 말없이 앉아 있는 그 자체가 참을 수 없는 매혹의 화신이었다.

그녀의 사형들 또한 단운도처럼 그녀를 훔쳐보고 있었다.

운도는 무얼 어떻게 먹고 마셨는지 하나도 생각이 나지 않았다.

위서향과 어쩌다 눈이 마주칠 때면 그녀가 호기심과 관심이 깃든 눈으로 방긋 미소 지어주었으므로 더욱 정신이 몽롱해지기만 했던 것이다.

그렇게 만찬이 끝나고, 모두는 위진평을 따라 자리를 연못가의 정자로 옮겼다.

만찬장에서와 마찬가지로 단운도는 그곳에서도 가장 말석에 있는 듯 없는 듯 앉아 있을 수밖에 없었다.

위서향은 사형들과 웃으며 이야기하다가도 가끔씩 단운도를 힐끔거렸다.

운도에게는 그래서 그 자리가 더욱 좌불안석이었다. 시선 둘 곳이 마땅치 않고, 처신하기가 어려웠다.

위진평의 제자들이 저희들끼리만 웃으며 이야기할 뿐, 누구 하나 말을 붙여오는 자가 없으니 더욱 그렇다.

위진평조차도 짐짓 그러한 것을 모른 척하고 있는 것 같았다.

그래서 단운도는 꾸어다 놓은 보릿자루가 되었다. 고개를 숙이고 앉아 주먹만 쥐었다 폈다 할 뿐이다.

빨리 이 자리가 파했으면 좋겠다는 생각이 간절했다.

가끔씩 저에게 와 닿는 위서향의 관심 어린 눈길을 의식할 수밖에 없으니 더 죽을 지경이었다.

단운도는 그런 제 처지가 서러웠다.

고작 이렇게 따돌림이나 당하려고 이 먼 곳까지 찾아왔단 말인가 하는 서운함이 든다.

위서향 앞에서 무시당하고 있는 제 모습이 초라하게 느껴져
더욱 화가 났다.

이런 곳으로 저를 보낸 사부님에 대한 원망까지도 슬그머니
생기는 것이었다.

'감히 사부님을 원망하다니? 정신이 어떻게 된 것 아니냐?'

그러면 운도는 깜짝 놀라서 자기 자신을 꾸짖으며 정신을
차리려고 애썼다.

그럴수록 돌아오는 건 꽁지 빠진 닭처럼 초라하고 볼품없는
제 자신에 대한 자각뿐이었다.

수치스러워져서 화가 난다.

"이리 나오너라."

그가 고개를 푹 숙인 채 입술을 악물고 있는데 위진평이 비
로소 손짓해 불렀다.

단운도는 어리둥절해서 주위를 돌아보았다.

"너 말이다. 이리 오너라."

운도는 그가 저를 부른다는 걸 알았다.

놀라서 벌떡 일어나 다가가는 걸음이 잔뜩 주눅 들어 있을
수밖에 없다.

"킥—"

그것을 보고 위서향이 입을 가리고 낮게 웃었다.

단운도의 얼굴이 벌겋게 달아올랐다.

제 곁에 운도를 서게 한 위진평이 제자들을 향해 엄숙하게
말했다.

"다들 이 아이의 이름이 단운도라는 건 알고 있겠지?"

제자들이 일제히 대답했다.

"예!"

"운도는 당분간 이곳에 머물며 나의 무공을 배울 것이다. 이곳에 있을 때는 문하제자와 똑같은 신분으로 대할 것이니 너희들도 이제부터는 그렇게 대하도록 하여라."

의외의 말에 어리둥절했던 제자들이 일제히 '예, 사부님!' 하고 우렁차게 대답했다.

위진평이 이번에는 단운도의 머리를 쓰다듬으며 말했다.

"그동안 너를 지켜보았지. 품성이 바르고 부지런하니 마음에 든다. 여기 머무는 동안 너는 막내다. 사형들을 잘 받들고 따르도록 하여라."

"예, 사숙. 명심하겠습니다."

단운도가 그를 빤히 바라보는 사형들을 향해 포권했다.

"송번에서 온 단운도라고 합니다. 사형들에게서 많이 배우겠습니다. 혹시라도 잘못하는 일이 있으면 꾸짖어주시기 바랍니다."

풍사곡에 온 지 열흘 가까이 지나서야 비로소 정식으로 상견례가 이루어진 것이다.

단운도는 황 대인이 위진평에 대하여 음흉한 사람이라고 평가한 이유를 조금은 알 수 있을 것 같았다.

그가 지난 며칠 동안 자신의 일거수일투족을 지켜봐 왔으면서도 아무런 내색도 하지 않았던 걸 생각하면 오싹 소름이 돋았다.

'까다로운 분이다. 내가 과연 이분의 비위를 잘 맞추어가며 이곳에서 살아갈 수 있을까?

사부가 저를 보내면서 못내 걱정스러워하는 얼굴을 했던 이유에 대해서도 이제야 이해가 갔다.

풍사곡주 위진평이 잘 대해줄 것이지만 그에게 마음을 다 드러내 보여서는 안 된다고 넌지시 주의를 주지 않았던가.

그런 저런 생각들을 하자 단운도는 앞으로 얼마 동안이나 이곳에서 살아야 할지 모르나 하루하루가 편치 않을 것임을 알았다.

그래서 답답해지고 서러워지기도 해서 입술을 악물었다.

第七章
첫사랑
第七章
첫사랑

마룡의
후예

　위진평의 조촐한 육십일 세 생일 축하연이 끝나고 거처인
화평전으로 돌아온 단운도는 엉엉 울고 싶어지는 마음을 애써
달래야 했다.
　그러다가 화풀이를 하듯이 의자 다리를 집어 들고 거칠게
풍운검법을 펼쳤다.
　그것이 씽씽거리며 허공을 가를 때마다 먼지가 뽀얗게 피어
올랐다.
　온몸이 땀에 젖고 숨이 가빠질 때까지 몇 번이나 그것을 되
풀이해서 펼쳤는지 모른다.
　몸이 익은 파김치처럼 늘어졌지만 여전히 머릿속에는 위서
향의 웃던 모습이 가득했고, 가슴 깊은 곳에는 원망의 응어리

가 단단하게 맺혀 있었다.

저를 바라보며 빙글빙글 웃던 사형들의 얼굴이 하나씩 떠올랐다.

그 눈길에 담겨 있는 게 비웃음이었다고 느껴진다.

오직 이사형인 양문창만이 담담한 얼굴로 바라보았을 뿐이다.

삼사형이자 저보다 세 살 위라는 곽서언은 노골적으로 비웃음을 던지기도 하지 않았던가.

잊어버리려고 해도 그 생각이 자꾸만 났다.

그러면 위서향이 저를 보고 웃어 보였던 것도 실은 비웃는 게 아니었을까 하는 엉뚱한 생각마저 들어 마음이 한없이 괴로워지기만 했다.

다음날 아침, 위진평이 단운도를 그의 처소인 풍정향거로 부르더니 다짜고짜 한 수의 장법을 보여주고 따라 해보라고 했다.

그것의 이름이 무엇인지, 어디에 어떤 묘용이 있고, 호흡을 잇고 끊어야 할 곳이 어디인지, 어떤 변화를 따라야 하는 건지 등에 대해서는 일언반구도 없었다.

아무것도 알지 못한 채 그저 초식을 흉내 내는 일은 춤을 추는 것과 다를 게 없다.

무공으로서의 조금의 위력도 맛볼 수 없기 때문이다.

불만이 생겼지만 단운도는 시키는 대로 할 수밖에 없었다.

일초 다섯 식의 장법을 흉내 내는 일은 어렵지 않았다.

보법을 밟는 게 틀림없고, 두 손을 휘둘러 허공을 치거나 낚아채고, 밀어내는 초수에 한 치의 어긋남이 없었다.

묵묵히 바라보던 위진평이 고개를 끄덕였다.

"쓸 만하구나."

무엇이 쓸 만하다는 건지 알 수 없다.

"사흘 동안 부지런히 연습하여라."

그것뿐이었다.

고개를 숙여 감사하다는 인사를 하고 물러나오면서 단운도는 불만으로 볼을 부풀렸다.

'쳇, 사흘씩이나 갈 게 뭐 있어? 나는 벌써 그 일초 다섯 식의 장법을 다 익혔단 말이다.'

그런 마음의 불만이 드는 건 위진평의 쌀쌀맞은 태도 때문이었다.

사부님과 함께 있을 때와는 너무도 달라진 분위기에 쉽게 적응이 되지 않는다.

"이리 와봐."

그가 풍정향거를 나오기가 무섭게 막내제자인 곽서언이 손짓을 했다.

벌써부터 기다리고 있었던 모양이다.

그를 따라간 곳에는 대사형인 이귀율이 기다리고 있었다.

연무장으로 사용하고 있는 동무관(東武觀)의 한쪽에 있는 정자에서였다.

이귀율은 강호에서 이미 용천검(龍天劍)이라는 아름다운 외호를 얻고 있을 만큼 무용이 출중했다.

곽서언과 함께 동무관을 건너오고 있는 운도를 뚫어지게 바라보는 이귀율의 눈빛이 매섭게 번쩍였다.

운도가 다가와 인사하자 그가 급하게 물었다.

"사부님에게서 무엇을 배웠느냐?"

의아했지만 운도는 대수롭지 않게 생각했다.

"일초 다섯 식으로 된 한 수의 장법이었어요."

"해봐라."

이귀율의 말에 운도가 정자 위에서 방금 배운 장법을 시연해 보였다.

눈을 가늘게 뜨고 그것을 지켜보던 이귀율이 고개를 끄덕였다.

"황룡장의 첫 번째 초식이로군."

운도는 비로소 제가 배운 장법의 이름이 황룡장이라는 걸 알았다.

"그렇게 해서야 어디 허수아비인들 제압할 수 있겠느냐?"

"묘법을 깨닫지 못해서 그렇답니다. 대사형이 가르쳐 주면 나아지겠지요."

"사부님이 손수 가르쳐 주시는데 감히 내가 어찌 끼어들 수 있단 말이냐?"

그 말이 옳다. 그래서 운도는 묵묵히 서 있기만 할 뿐 더 조르지 못했다.

곽서언을 손짓해서 물리친 이귀율이 탁자에 앉더니 턱으로
제 앞의 의자를 가리켰다.

운도가 어정쩡한 모습으로 마주 앉았다.

곽서언은 저만큼 떨어진 동무관의 입구 쪽을 어슬렁거리고
있었다.

누가 오는지 감시하는 게 틀림없다.

잠시 단운도를 바라보던 이귀율이 정색을 했다.

"너는 내 말에 거짓없이 대답해야 한다."

"예."

"이곳에 온 목적이 뭐지?"

"사부님의 명령이기에 따랐을 뿐, 뭐가 뭔지는 소제도 잘 몰
라요."

"그게 다란 말이냐?"

"예?"

"나는 다 알고 있다."

"무슨 말인지 소제는 잘……."

이귀율의 뜬금없는 말에 운도는 어리둥절하기만 했다.

이귀율이 그런 단운도를 매섭게 노려보며 툭 던지듯이 말했
다.

"너는 네 자신이 과연 자격이 있다고 생각하느냐?"

"대체 무슨 뜻인지……. 속 시원하게 말해주세요."

"끝까지 시치미를 떼려고 하지만 소용없다."

운도는 기가 막혔다.

상대가 이렇게 막무가내로 나오는 데에는 더 할 말이 없으려니와 무슨 말을 해야 하는 건지도 모르겠다.

그런 운도를 찍어 누르듯이 바라보던 이귀율이 버럭 소리쳤다.

"이놈! 네가 정녕 백도십천의 공동전인이 될 자격이 있다고 믿느냐는 말이다!"

"예? 백도십천의 공동전인이라니요?"

운도로서는 두 번째 들어보는 말이었다.

여전히 어리둥절할 뿐, 왜 위서향에 이어서 대사형도 그런 생각을 하는 건지 이해할 수가 없었다.

눈을 휘둥그레 뜨고 바라보기만 하자 이귀율이 낮고 날카롭게 말했다.

"흥, 너는 꿈도 꾸지 마라."

"……?"

"십천의 제자 중 너만 못한 자는 아무도 없을 것이다. 위 사매만 해도 너로서는 감히 올려다볼 수조차 없이 높은 데에 있지. 하물며 나와 비교할 수 있겠느냐?"

"소제는 사형이 지금 무슨 말을 하는 건지 통 모르겠군요."

운도가 볼멘소리를 했다. 그로서는 억울하기 짝이 없는 일이었던 것이다.

"네가 이곳에 왔다는 게, 그리고 사부님이 손수 무공을 가르쳐 주고 있다는 게 그 증거야. 다른 말로 설명할 수 있겠느냐?"

이귀율의 그 말에 운도의 머릿속에 다시 의문이 떠올랐다.

'대사형의 말이 맞는다면 아마도 사부님과 위 사숙 사이에 이미 어떤 약속이 되어 있었던 것 아닐까?'

그렇다면 왜 당사자인 저에게는 그에 대해서 한마디도 말해 주지 않았던 것인지, 사부님이 야속하다는 생각마저 들었다.

잠시 생각하던 단운도가 이귀율에게 물었다.

"소제는 정말 그 일에 대해서는 조금도 알지 못하고 있어요. 사형이 가르쳐 준다면 고맙겠습니다."

"흥."

이귀율의 무표정한 얼굴에 매서운 기운이 어렸다.

"가라. 오늘부터 너는 북무관에서 사매와 함께 수련을 해야 한다. 그게 사부님의 명령이다."

풍사곡에는 광장을 가운데 두고 두 개의 연무장이 있었다.

북쪽 북두장 앞에 있는 연무장을 북무관(北武觀)이라 했고, 이곳 동쪽에 있는 연무장을 동무관이라고 했다.

동무관이 주된 연무장으로써, 높은 담에 둘러싸여 있으며, 그 규모가 북무관의 열 배는 되었다.

풍사곡이 문호를 닫기 전 수백 명의 문도들이 함께 연무를 하던 곳이니 당연히 그럴 수밖에 없다.

그에 비해 북무관은 곡주인 위진평과 제자 등 핵심 인물들만이 연무를 하던 곳이다.

아늑하고 조용한 곳이다.

단운도는 위진평이 그곳에서 제자들을 내쫓고 대신 저와 위서향에게만 사용을 허락했다는 걸 알았다.

제자들의 심기가 불편해질 수밖에 없는 일이다.

"사형, 뭐가 어때? 아무 데서나 열심히 수련하면 그만이지. 넓은 동무관을 우리 세 사람이 독차지하면 더 좋지 않소?"

둘째인 양문창이 무심한 얼굴로 그렇게 말했지만 셋째인 곽서언은 내내 부어터진 얼굴을 풀지 않았다.

"그 자식이 위 사매와 둘이서만 그곳을 사용한다니 나는 그게 더 약이 오른단 말이오. 둘째 사형은 그렇지 않아?"

"그런들 사부님의 명이신데 어쩐단 말이냐?"

"쳇, 나는 사부님께서 대체 무슨 생각을 하시는 건지 모르겠어. 우리는 요즘 그 천둥벌거숭이 같은 녀석 때문에 찬밥 신세잖아?"

막내의 그 말에 이귀율과 양문창의 얼굴이 어두워졌다.

그들은 오히려 저희가 소외당하고 있다고 여겼던 것이다.

위진평의 그와 같은 결정은 단운도에게도 당황스러운 것이었다.

그날 하루 종일 운도는 위서향에 대한 생각 때문에 아무것도 하지 못했다.

그녀와 둘이서만 북무관에서 연무를 할 수 있게 되었다는 생각에 한편으로는 기쁨으로 가슴이 쿵쾅거렸고, 한편으로는 그만큼의 두려움에 떨어야 했다.

"그녀는 분명 뛰어난 고수일 거야. 위 사숙의 모든 것을 다 배웠겠지? 그런데 나는 뭐람."

고작 풍운검법 하나를 배웠을 뿐 아니던가.

오늘 아침에서야 위진평으로부터 황룡장 한 초식을 배우기도 했다.

"위 누이가 비웃고 놀리지 않을까?"

그럴 것만 같아서 불안해졌다.

"혹시 위 사숙은 나에게 실망한 게 아닐까? 그래서 자신의 무공을 위 누이에게 배우라는 뜻이 아닐까?"

그렇게 생각하자 실망도 되었다.

위진평 앞에서 풍운검법을 펼쳐 보일 때 사부님 앞에서 했던 것처럼 전력을 다해서 저의 모든 걸 보여줄 걸 그랬나 보다 하는 후회가 들기도 했다.

"그나저나 위 누이와 단둘이 있게 되면 대체 무슨 말을 해야 하지?"

그게 운도를 사로잡고 있는 가장 큰 걱정이었다.

"아마 나는 입이 열 개나 달린 괴물이라고 해도 말 한마디 하지 못할 거야. 그러면 위 누이가 바보라고 놀리지 않을까?"

온갖 생각이 꼬리에 꼬리를 물고 일어나 그를 괴롭혔다.

그 모든 게 오직 위서향 한 사람에 관한 것들이지만 단운도는 그걸 깨닫지 못하고 있었다.

그렇게 소년에게 첫사랑이 찾아온 것이다.

*　　　*　　　*

"호호, 제법이네?"

북무관에서의 연무 첫날이다.

위서향의 까르르 웃는 소리에 단운도의 얼굴이 숯불처럼 붉어졌다.

"잘했어. 완벽해."

"놀리는 거지?"

"놀리다니? 진심이야."

"쳇, 일초 다섯 식의 장법을 구경하고 그런 소리를 하는 건 나를 놀리는 거지 뭐야."

"아버지의 황룡장은 비록 고절한 절기는 아니지만 풍사곡의 절기를 배우는 데 있어서 기초가 되는 무공이란다."

위서향이 운도를 달래려는 듯 친절하고 나긋나긋하게 말했다.

운도는 그녀가 무슨 말을 하는 건지 하나도 알아듣지 못했다.

귀에 들리는 아름답고 영롱한 그 음성에 온통 넋이 나갔을 뿐이다.

하루 종일, 아니, 평생 이렇게 그녀의 음성을 듣고 웃는 얼굴을 보면서 살 수만 있다면 하는 엉뚱한 생각으로 가슴이 홧홧해졌다.

"이 녀석, 내 말을 듣고 있는 거야? 대체 무슨 엉뚱한 생각을 하고 있지?"

위서향이 그런 단운도의 볼을 꼬집었다.

"아!"

운도가 비로소 정신을 차리고 얼굴을 붉혔다.

자신의 못난 모습을 보인 것 같고, 무엇보다 저의 속내를 들킨 것 같아서 당황한다.

눈을 흘긴 위서향이 앞 머리카락을 쓸어 올리며 다시 조곤조곤 말했다.

"풍사곡에서야 기초적인 무공이라고 해도 강호에 나가면 그것 또한 절기로 꼽힐걸? 초식의 변화가 복잡하고, 그만큼 이해하기가 까다로운 장법이야. 나도 처음에 그것을 배울 때는 몇 번이나 아버지의 꾸지람을 들었는지 몰라. 사형들도 마찬가지야. 그런데 너는 한 번 보았다면서 그처럼 완벽하게 익혔으니 대단한 거지. 자부심을 가져도 돼."

"쳇."

볼을 부풀렸지만 운도는 마음속 깊이 기쁨을 느꼈다. 위서향이 저를 놀리는 게 아니라는 걸 알 수 있었기 때문이다.

"어디, 그럼 내가 직접 한번 가르쳐 볼까? 각오해. 만약 잘못하면 용서없이 때려줄 테니까. 호호호―"

위서향이 다시 까르르 웃었다.

그리고 나서 그녀가 펼쳐 보인 건 황룡장의 두 번째 초식이었다.

역시 일 초에 다섯 식이 들어 있는 복잡한 장법이다.

분위기에 있어서는 위진평에게서 배웠던 첫 번째 초식과 거의 다른 점이 없었다.

다만 그것보다 투로(套路)가 좀 더 세밀해졌고, 움직임이 빨라졌다는 차이가 있다.

눈을 부릅뜨고 그녀의 시범을 지켜보던 운도가 고개를 끄덕였다.

장법 속에 깃들어 있는 오묘한 변화가 보일 듯 말 듯했던 것이다.

어떤 부분에 있어서는, '아하, 그렇구나' 하는 감탄을 하게 되고, 어떤 부분에 있어서는 고개가 갸우뚱거려지기도 했다.

어떤 부분은 여전히 알 수 없어서 절로 눈살이 찌푸려지기도 한다.

운도의 머릿속에는 위서향의 움직임 하나하나가 절로 그렇게 되듯이 새겨졌다.

그녀의 움직임을 보면서 투로가 첫 번째 초식의 그것과 연결되어 이해되었다. 그러자 알아볼 수 있는 변화가 더 많아졌다.

"해볼 수 있겠어?"

두 번째 초식의 시범을 마친 위서향이 웃으며 말했다.

고개를 끄덕인 운도가 그 즉시 황룡장의 두 번째 초식을 따라 해보였다.

가만히 지켜보던 위서향이 고개를 갸웃거렸다.

"이상한 일이네. 어디 그럼 이것도 마저 해봐."

그녀가 즉시 세 번째 초식을 시범해 보이기 시작했다.

역시 다섯 식으로 된 초식이었다.

　황룡장은 모두 육 초의 장법인데 매 초식마다 다섯 개의 변식으로 이루어져 있었던 것이다.
　그 세 번째 초식이 펼쳐지자 기세가 앞서의 두 초식과는 사뭇 달라졌다.
　운도는 온 정신을 집중해서 위서향의 장법을 지켜보았다.
　그녀 앞에서 저의 재주를 자랑해 보이겠다는 마음에 사로잡혀 그만 사부의 당부마저 깜빡 잊고 있었다.
　허공을 때리고 휘젓는 소녀의 가냘픈 주먹과 손바닥에서 윙윙거리는 바람 소리가 났다.
　붉은 옷자락 펄럭이는 소리가 깃발 휘두르는 소리 같다.
　매 변식이 펼쳐질 때마다 오묘한 변화가 구름처럼 일어 허공을 가득 뒤덮었다.
　우르릉거리는 진동음이 은은하게 터져 나온다.
　위서향은 손짓 하나마다 내력을 실어 보내고 있었다.
　그녀의 장심이 허공을 밀고 수도가 날카롭게 떨어질 때마다 그것에 실린 내력이 뿜어져 나와 매서운 바람 소리를 냈다.
　후웅—
　웅장하고 두터운 장력이 후끈한 기파를 사방으로 밀어냈다.
　그 여력이 운도에게까지 미친 것이어서 운도는 버티고 서 있을 수가 없었다.
　몸이 휘청거려 절로 쿵쿵거리며 세 걸음이나 밀려난 운도가 놀란 외침을 터뜨렸다.
　"아, 누나의 장법은 정말 용맹하구나!"

그것을 만들었다는 위진평의 장중하고 멋들어진 기세가 한
껏 드러난 초식이었다.

"어때? 할 수 있겠지?"

그 말에 운도가 즉시 옷소매를 떨치며 나섰다.

방금 본 황룡장의 세 번째 초식을 재연하는데, 재빠르게 움
직일 곳과 무겁게 지켜야 할 곳을 놓치지 않았다.

장법의 시범을 한 번 본 것뿐이라고는 믿어지지 않을 만큼
정교하다.

그러나 역시 그 안에 감추어져 있는 오묘한 변화는 따라 할
수가 없었다.

달리 사부가 필요한 게 아니고, 달리 비결과 구결의 법문을
알아야 하는 게 아니다.

능통한 자로부터 가르침을 받지 못하면 깨우칠 수 없는 부
분이 있는 법이다.

절기라고 할 수 있는 높은 무공일수록 더욱 그렇다.

그런 점에서 운도에게는 부족한 게 많았다.

위진평도 그렇고, 위서향도 아직 구결과 비의(秘意)를 전해
주지 않았기 때문이다.

다만 장법의 형식과 틀인 투로를 보여주었을 뿐인데, 그것
을 따라 하는 것도 쉬운 일은 아니었다.

정교하고 복잡한 동작들을 수반하기 때문이다.

그러나 운도는 별 어려움 없이 그것을 배웠다.

지난 십여 년간 풍운검법의 지극히 정교하고 복잡한 초식들

을 익혀 지금은 대성했다고 할 만한 경지에 올라 있는 덕분이
었다.

사부 등 선생으로부터 숱하게 꾸지람을 들어가며 배운 그
검법은 신체의 움직임을 극한으로 이용하는 것이었으며, 교묘
한 변화를 주로 하는 재빠른 검법이었다.

그것에 능통하게 되자 그 어떤 복잡한 초식도 쉽게 눈에 들
어오고 습득할 수 있게 되었다.

그러니 어쩌면 등 선생은 운도가 다른 무공을 쉽게 배우고
이해하도록 하기 위에 그 검법을 창안한 건지도 몰랐다.

그것을 위해 심혈을 기울인 게 틀림없다.

운도로서는 그런 사정을 알 수 없었지만 풍운검법을 대성한
이후 이와 같이 다른 무공을 쉽게 배울 수 있게 되었으니 스스
로 생각해도 신기한 일이었다.

운도가 황룡장법의 세 번째 초식마저 완벽하게 투로를 재연
해 내는 것을 지켜본 위서향이 감탄성을 터뜨렸다.

"아, 너는 정말 기재인가 보다. 나는 물론 사형들도 그 장법
을 배울 때 얼마나 고생했는지 몰라. 그런데 너는 한 번 보고
즉시 투로를 이해하며 완벽하게 재연해 내니 정말 놀라운 일
이야. 대체 어떻게 그렇게 할 수 있지?"

'아차!'

그녀의 진심 어린 감탄의 말을 들은 운도는 비로소 사부님
의 경고를 떠올리고 뉘우쳤다.

위진평 앞에서마저 제 본래의 솜씨를 반은 감추지 않았던가.

그런데 위서향에게는 그만 제 본색을 드러내고 말았으니 당황스러워졌다.

"그, 그럴 리가 있어? 내가 기재라면 누나는 초절정기재라고 해야 할 거야."

급히 변명하지만 얼굴이 빨갛게 달아오르는 건 어쩔 수 없었다.

위서향이 코웃음을 쳤다.

"흥, 지난 수백 년을 두고 강호에 초절정기재라고 불릴 만한 사람은 딱 한 사람이 있을 뿐이다. 그 외에는 아무도 없지. 심지어 우리 아버지마저도 그래."

그 말을 하는 위서향의 얼굴이 문득 어두워졌다.

"그 사람이 누군데?"

"절대천마 풍약헌."

"아!"

운도의 입에서 감탄성이 터져 나왔다.

풍약헌은 이미 소년의 가슴속에 지울 수 없는 영웅으로 자리 잡고 있었다.

그 이름을 위서향을 통해 듣게 되자 처음 듣는 것처럼 감회가 새로웠다.

운도가 짐짓 알 수 없다는 표정을 짓고 물었다.

"그 사람의 무엇이 누나로 하여금 그런 생각을 갖게 했지?"

"몰라서 묻는 거냐? 그는 마교의 대종사이면서 어마어마한 무공을 지닌 절대천마였다. 한 사람이 그처럼 많은 신공절학을 지닌 건 전무후무한 일이었지. 평생을 수련해도 얻기 어려운 신공절학을 열 개가 넘도록 한 몸에 지녔으니 그런 사람이야말로 절세적인 기재라는 말로도 표현하기에 부족하지 않겠어?”

“어떻게 그럴 수가 있었을까?”

“그거야 아무도 모르지. 이미 죽었으니 찾아가 물어볼 수도 없고 말이야.”

그가 죽었다는 말에 단운도의 표정이 시무룩해졌다.

잠시 생각하던 위서향이 다시 말했다.

“우리가 이렇게 무공을 배우는 것도 다 그 사람 때문이니 우리에게는 고마운 존재인지도 모르지.”

“그 사람, 절대천마 풍약헌 때문이라고?”

운도의 눈이 휘둥그레졌다.

그걸 본 위서향이 고개를 갸웃거리며 이상하다는 듯이 단운도를 빤히 바라보더니 물었다.

“너는 정말 몰랐니?”

“전혀.”

“네 사부님에게서 아무 말도 듣지 못했어?”

“응.”

“그럼 네 사부님이 너를 왜 이곳에 보냈는지도 모르겠네?”

“사부님은 그저 풍사곡에 가서 위 사숙을 모시고 배우라고만 하셨을 뿐이야.”

"그래? 그것참 알 수가 없구나. 대체 무슨 생각으로 그러셨을까?"

위서향의 표정이 진지해졌다. 단운도의 가슴속에 불쑥 불안한 느낌이 들었다.

"대체 무슨 사연이 있는 거야? 단순하지 않은 것 같은데 나는 조금도 알지 못하니 답답해. 전에 대사형이 물었던 일도 그렇고."

"응? 대사형이 나와 같은 질문을 했었다고?"

"그는 나에게 십천의 공동전인이 될 생각이냐고 물었지."

그 말에 위서향이 즉각 반응했다.

"홍, 대사형이 너에게 그런 질문을 한 건 아버님의 결정에 불만이 있어서가 분명해. 어쩌면 대사형은 음흉하게도 자기가 십천의 전인이 되고 싶다는 마음을 품은 건지도 모르지."

위서향의 표정이 싸늘해졌으므로 운도는 제가 혹시 실수한 게 아닐까 하는 불안에 휩싸였다.

무심코 한 말이었지만 그 파장이 적지 않을지도 모른다는 느낌이 들었던 것이다.

잠시 생각하던 위서향이 다시 한 번 코웃음을 쳤다.

"대사형은 아버지가 나를 택한 것이 못마땅했던 모양이군. 하긴, 그럴 만도 해. 아버지의 무공을 가장 많이 배운 사람은 대사형이니까. 우리 풍사곡 문하에서는 그가 가장 고수라고 할 수 있지. 그러니 불만이 안 생기겠어?"

단운도가 어색한 미소를 지으며 말했다.

"나는 대사형과 위 누나 사이의 일을 알지 못해. 다만 내가 이곳에 왔고, 위 사숙의 무공을 배우게 된 일이 궁금할 뿐이야. 그것이 절대천마 풍약헌과 관계가 있다니 더욱 그래."

"그렇다면 내가 말해주지."

위서향의 표정이 엄숙해졌다.

*　　　*　　　*

날이 어두워졌지만 화평각에는 불도 밝혀지지 않았다.

단운도는 어두운 정청의 구석에 홀로 앉아 고개를 숙이고 있었다.

그의 머릿속은 지난 낮에 북무관에서 위서향으로부터 들은 말들로 인해 복잡하기 짝이 없었다.

십천의 공동전인.

그 말이 답답함이 되어 가슴에 맺힌 것이다.

위서향은 말했다.

백도십천이 힘을 모아 한 사람의 공동전인을 키우기로 했다고.

선택된 그 한 사람은 백도십천의 모든 무공을 물려받아 전무후무한 절대고수가 될 것이다.

단운도는 그것이 바로 절대천마와 같은 자가 다시 강호에 나타나지 못하게 하려는 것임을 알았다.

그들은 열 사람의 힘을 집약해 또 다른 초인을 탄생시킬 계획을 세웠는데, 단운도는 제가 그 계획의 한 부분이 되어 있다는 사실을 알고 놀랐다.

자신의 의도와는 아무 상관도 없이 이미 그렇게 정해져 버린 일이라는 데에 분한 생각마저 들기도 했다.

"그렇다면 혹시 사부님은 백도십천의 고수 중 한 분이 아니었을까?"

불쑥 중얼거리고 제 자신이 제 말에 깜짝 놀라 두리번거렸다.

그런 생각이 든 건 사부가 자기를 풍사곡에 보내어 위진평의 무공을 배우도록 했기 때문이다.

위진평 같은 사람이 아무 조건도 시험도 없이 사부님의 편지 한 통으로 자신을 받아들여 절기를 전수한다는 것도 그렇다.

한 번 그런 생각을 하기 시작하자 의혹이 구름덩이처럼 커졌다.

"그럴 리가 없어!"

단운도가 제 머리카락을 쥐어뜯으며 단호하게 자신의 생각을 부정했다.

아무리 되짚어보아도 백도십천의 고수 중 등평헌이라는 이름은 없었다.

그러나 그 생각은, '하지만 왜 나를 하필 이곳에 보내신 것일까?' 하는 의문 앞에서 설득력을 잃었다.

위서향은 백도십천이 두 무리로 나뉘어 서로의 제자들을 돌아가며 지도한다고 했다.

그들은 다섯 명이 한 무리가 되어서 다섯 명의 후예에게 각자의 무공을 전해준다는 것이다.

절대천마 풍약헌과의 싸움 이후 그런 결정을 했는데, 자신들의 무공을 전해줄 기재를 선발하기 위해서 오 년의 세월을 보낸 다음 이후 십 년간 절기를 전수하여 기틀을 잡아준다는 것이다.

그 다음해부터 다섯 명의 절대자가 다른 사람들의 제자를 받아들여 각자에게 일 년씩 자신의 절기를 전해주기로 했다.

그렇게 해서 오 년이 지난 후 그들 중에서 한 명을 최종 선발하는 것이다.

그런 다음 열 명의 절대자가 한자리에 모여 그들 중 한 명을 공동전인으로 선출한다.

그리고 그자에게 열 사람의 모든 것을 물려주어 십천의 힘을 지닌 절대자를 탄생시킨다는 원대하고 어마어마한 계획이었다.

그렇게 십천지주(十天之柱)가 태어나면 그는 곧 백도의 영원한 희망이 될 게 틀림없다.

나머지 아홉 명 또한 각기 오천의 힘을 지닌 막강한 절대자가 될 텐데, 그들이 십천지주를 보좌하게 된다면 백도의 힘은 사상 최강이 되지 않겠는가.

단운도는 제가 그 계획 속에 포함되어 있다는 사실이 놀라우면서도 의아했다.

그러니 더욱 '사부가 혹시 십천의 일인이 아닐까?' 하는 의심을 하게 될 수밖에 없었다.

사부에게 풍운검법을 배우기 시작한 햇수가 꼭 십 년이 되었으니 더욱 그렇다.

단운도는 제가 사부의 정체를 알지 못하는 건 여태까지 사부가 자신을 감추어왔기 때문이라고밖에는 달리 생각할 수가 없었다.

그래서 몹시 서운해지지만 끝까지 사부 등 선생을 믿으려고 노력했다.

사실이 아닐 거라고, 그럴 리가 없다고, 여기에는 어떤 오해가 있는 게 틀림없다고 자기 자신에게 주문처럼 중얼거려 준다.

第八章

찾아오는 사람들

마룡의
후예

갈등 속에서 며칠이 지났다.

그동안 단운도는 황룡장법의 수련에 별다른 진전을 보지 못
했다.

마음속의 갈등 때문에 집중할 수 없어서이기도 했고, 스스
로의 능력을 반쯤 감추었기 때문이기도 했다.

"아이, 답답해. 얘는 어떻게 된 게 갈수록 엉망이야? 처음처
럼 좀 해봐."

황룡장을 가르쳐 주는 위서향이 짜증을 낼 정도로 단운도의
연무는 맥이 빠져 있었다.

한 달이 지나서야 운도는 겨우 황룡장 여섯 초식을 다 배울
수 있었다.

　원래 그가 지니고 있는 내력이 위서향에게 미치지 못하는데다가 그것의 반쯤을 감추고 있으니 운도가 펼쳐 보이는 황룡장의 위력은 보잘것없었다.
　위서향으로서는 여전히 불만족스러웠지만 운도가 장법의 투로를 완벽하게 구사할 수 있게 되었다는 것으로 위안을 삼았다.
　"쳇, 그래 가지고서야 어디 십천의 공동전인이 되겠다고 할 수 있겠어? 아니, 다섯 사부의 절기라도 제대로 배울 수 있을지 모르겠다."
　그렇게 핀잔을 주는 건 안타깝기 때문이었다.
　달리 생각해 보면 운도는 위서향의 경쟁 상대이기도 했다. 그러나 위서향은 한 번도 그런 생각을 해본 적이 없었다.
　그녀에게 운도는 돌보아주고 싶은 철없고 외로운 동생 같을 뿐이었던 것이다.
　그 무렵 단운도는 이미 풍사곡의 생활에 익숙해져 있었다.
　세 명의 사형과는 여전히 데면데면했는데, 운도를 미워하는 그들의 마음은 날이 갈수록 더해져 가는 것만 같았다.
　그건 위서향이 사사건건 운도를 감싸고돌기에 더욱 그럴 것이다.
　운도에게 그것은 참으로 다행스런 일이었지만 때로는 그녀의 그런 호의가 부담스럽기도 했다.
　한없이 좋으면서도 문득 제 처지와 위서향의 처지를 비교하면 곧 풀이 죽어서 심란해졌던 것이다.

올려다볼 수 없는 나무.

운도에게 있어서 위서향은 바로 그런 존재이기만 했다.

*   *   *

풍사곡에 온 지 두 달이 다 되어갈 무렵에 며칠씩의 차이를 두고 세 사람이 찾아왔다.

"나는 산동의 하가보에서 왔네."

스무 살 남짓해 보이는 청년은 산동 하가보(河家堡)의 소보주이자 하가신창(河家神槍) 하운봉(河雲峰)의 전인이었다.

이름을 하군악(河群岳)이라고 했는데, 눈이 부리부리하고 체격이 미끈하게 잘빠졌으며, 살결이 여자처럼 흰 미청년이었다.

또 한 사람은 운도 또래의 어린 비구니로서 아미파에서 온 청향(淸香)이라고 했다.

역시 십천의 한 명인 아미 적운 사태(積雲師太)의 전인인 것이다.

통통한 볼이 발그스레하고 눈빛이 맑은 소녀였다.

나머지 한 사람은 저 멀리 운남의 점창산에서 온 백풍산(白風山)이었다.

점창파의 장문인이자 십천의 한 사람인 낙일검객(落日劍客) 이풍룡(李風龍)의 제자로서 서른 살의 건장한 장한이었다.

이글거리는 호목(虎目)에 떡 벌어진 어깨와 잘록한 허리, 홀쩍 큰 키와 단단한 몸집은 가히 대장부의 표본이라고 해도 좋을 만큼 위풍당당했다.

그가 껄껄 웃으며 단운도의 어깨를 두드렸다.

"하하, 잘생긴 소형제를 만나 기쁘군. 앞으로 나를 백 사형이라고 부르게."

탁 트인 걸걸한 음성에 성격마저 호탕해서 운도는 즉시 그가 마음에 들었다.

그는 점창파가 배출한 가장 걸출한 자로 꼽히고 있었다.

운남의 무림에서는 백풍산이라는 이름보다 일검진천(一劍振天)이라는 별호로 더욱 유명한 자였다.

이미 검법의 절정고수로 이름을 날리는 자였던 것이다.

운도의 키도 소년치고는 작은 편이 아니었으나 백풍산 앞에 서자 머리가 그의 가슴에 닿았다.

운도는 백풍산이야말로 영웅호한의 기질이 넘쳐 나는 자이니 그가 십천의 공동전인이 된다면 타고난 위용만으로도 만인을 압도할 만하다고 생각했다.

마음속에 은근히 그가 십천지주가 되기를 바라기까지 했다.

"그런데 너는 어째서 도사가 아니지?"

백풍산이 부리부리한 눈으로 운도를 훑어보더니 불쑥 말했다.

"예?"

운도로서는 어리둥절해질 수밖에 없는 말이다.

"화산파의 전인이라면 당연히 도사여야 하는 것 아니냐?"

"화산파라고요? 소제가요?"

"아니야? 내가 잘못 들었나?"

운도의 휘둥그레진 눈을 들여다보던 백풍산이 고개를 갸웃거렸다.

"아미타불."

불호를 외고 나선 아미의 청향 비구니도 말했다.

"저 역시 일찌감치 이곳에 와 있는 사람이 화산 문하라고 들었는데 이상하군요."

"뭐, 속가제자라도 되는 모양이지요."

하가보의 하군악이 심드렁하게 말했는데, 운도를 바라보는 눈에 경멸의 기색이 깃들어 있었다.

이런 형편없는 녀석이 어떻게 우리 속에 끼게 되었지 하고 생각하는 게 틀림없다.

운도는 울고 싶은 심정이었다.

저를 둘러싼 세 사람이 그 뒤로도 이런저런 말들을 했는데, 한마디도 귀에 들어오지 않았다.

'화산파라고? 사부님이 그럼⋯⋯.'

오직 머릿속에는 한 사람의 이름만 가득했다.

백도십천 중 한 명으로 꼽히는 사람.

화산파가 배출한 불세출의 고수.

바로 무량자(無量子) 이릉운(李凌雲)이었다.

지금 백풍산을 비롯한 하군악과 청향 비구니가 말하는 사람은 그 이릉운일 것이다.

"아니야! 그럴 리가 없어!"

운도가 버럭 소리쳤으므로 다들 깜짝 놀랐다.

"내 사부님은 등 선생일 뿐이야! 평 자, 헌 자를 쓰시는 분이야! 절대 화산의 이릉운이 아니야!"

하군악을 와락 밀치고 달아나듯 마구 달려가는 운도의 뒷모습을 놀라 바라보던 사람들이 머리를 흔들었다.

"대체 어찌 된 거야? 저놈이 미치기라도 한 거 아냐?"

하군악의 중얼거림에 청향 비구니가 '아미타불' 하고 불호를 외웠다.

백풍산이 잔뜩 눈살을 찌푸렸다.

"이제 보니 고약한 녀석이로군."

운도는 머릿속에 한 떼의 벌이 파고든 것 같았다.

가만히 있어도 윙윙 울리며 어지러워서 견딜 수가 없었다.

분했다.

그들이 오기 전에는 어째서 아무도 저에게 그런 말을 해주지 않았던 건지 야속하기도 했다.

모두 저를 속이고 있었다는 억울함이 더해져서 갈수록 가슴이 쿵쾅거리고 무섭게 뛰었다.

숨 쉬기마저 힘들 지경이 되어간다.

"따져 봐야겠다."

침상에 누워 거친 숨을 씩씩거리고 있던 운도가 벌떡 일어났다.

평소에는 얌전하기가 작은 서생 같기만 한 운도였는데 지금은 전혀 다른 사람이 된 것 같았다.

깊은 밤중인 것도 상관하지 않고 위서향의 거처로 마구 달려가는 기세가 심상치 않았다.

"이 밤중에 어딜 가는 거지?"

그녀의 거처인 화정각(花庭閣)이 보이는 곳에 이르렀을 때 어둠 속에서 불쑥 한 사람이 나와 앞을 가로막았다.

"대사형……."

이귀율이었다.

그가 싸늘한 눈길로 운도의 아래위를 훑어보며 다시 물었다.

"한밤중에 어딜 가느냔 말이다."

"위 누나를 보러 가오."

운도의 눈에는 아직 이글거리는 노여움이 남아 있었다.

이귀율이 코웃음을 쳤다.

"흥, 이 도토리 같은 녀석이 이제는 아예 겁이라는 걸 잊어버린 모양이구나?"

"비켜주시오. 나는 지금 위 누나를 만나야 하오."

"말투도 마음에 안 든다."

"비키지 않으면 밀치고 지나가겠소."

"핫! 네가 나를 우습게보는구나. 어디 마음대로 해봐라. 하지만 너는 나에게 왜 이 늦은 밤에 위 사매를 만나려고 하는지 숨김없이 털어놓아야 할 것이다."

"에잇!"

그가 비켜줄 기색이 없자 운도가 다짜고짜 달려들어 어깨로 이귀율의 가슴에 부딪쳐 갔다.

"흥!"

이귀율의 싸늘한 코웃음이 이마 위에서 들려왔다.

운도가 무의식적으로 사용한 수법은 황룡장의 제삼초에 들어 있는 우견추주(牛肩椎柱)였다.

이미 황룡장을 대성하고 있는 이귀율의 눈에 찰 리가 없다.

그가 오히려 불쑥 가슴을 내밀자 심후한 내공이 즉시 반탄지력으로 화해 운도의 어깨를 튕겨냈다.

"억!"

운도는 제 몸에 쏟아져 들어오는 감당할 수 없는 힘을 느끼고 크게 놀랐다.

비로소 성급했다고 후회하지만 이미 때는 늦어 몸뚱이가 내던져진 것처럼 뒤로 날려가고 있었다.

쾅!

커다란 단풍나무 둥치에 등줄기를 호되게 부딪치고 떨어지는 꼴이 허수아비 같았다.

충돌의 충격보다도 내부에 파고든 이귀율의 내력이 주는 충격이 더 컸다.

그 한 번의 부딪침으로 운도는 가볍지 않은 내상을 입고 만 것이다.

"으으으—"

절로 이가 갈리는 신음성이 흘러나왔다.

성큼성큼 다가온 이귀율이 끙끙거리는 운도의 뒷덜미를 잡아 일으켰다.

"네가 감히 나를 쳤으니 이건 명백히 하극상이다. 단단히 벌을 받아야겠지?"

다른 때 같았으면 벌써 사과하고 용서를 빌었을 운도이지만 지금은 그렇지 않았다.

"당신은 나의 사형이 아닌데 무슨 상관이야? 당신은 내 일에 참견할 자격이 없어!"

"뭐라고? 허, 이 꼬맹이 녀석이?"

이귀율이 기가 막힌다는 얼굴로 한숨을 푹푹 쉬더니 인상을 잔뜩 썼다.

그는 많은 사람들 앞에서는 정인군자의 의젓함을 뽐냈는데, 지금은 그렇지 않았다.

단운도가 그런 것처럼 이귀율도 다른 사람이 된 것 같았다.

주위를 휘둘러 본 이귀율이 아무도 없다는 걸 확인하고 음소를 흘렸다.

"흐흐흐— 대사형 된 입장에서 네놈에게 벌을 주지 않을 수 없지. 이게 다 네놈이 잘되라고 그러는 것이니 나를 원망하지 마라."

퍽!

운도의 명치에 그의 주먹이 사정없이 틀어박혔다.

"끄으으—"

운도는 너무 고통스러워 비명조차 지르지 못했다. 숨이 콱 막히는 것이 곧 죽을 것만 같았다.

끅끅거리는 그의 등줄기에 다시 이귀율의 팔꿈치가 떨어졌다.

퍽!

"크으으―"

운도가 짓눌린 것처럼 땅바닥에 달라붙어 버렸다.

온몸을 바들바들 떨면서 턱턱 끊기는 숨을 몰아쉬는 것이 감당할 수 없는 충격을 받은 게 틀림없었다.

이귀율이 그런 운도의 뒷덜미를 잡고 질질 끌고 가려고 할 때였다.

"이제 그만둬."

화정각의 문이 벌컥 열리고 위서향의 모습이 보였다.

그녀는 얇은 잠옷 위에 겉옷만 급히 걸친 모양이라서 은은한 달빛에 투영되어 보이는 모습이 지극히 아름다웠다.

선정적이기까지 하다.

이귀율이 운도의 뒷덜미를 쥔 채 멍하니 그녀를 바라보았는데 넋이 빠진 사람 같았다.

"아직 애잖아. 그렇게 무지막지하게 때리면 어떻게 해? 그러다가 죽기라도 하면 대사형이 감당할 수 있어?"

다 보고 있었던 모양이다.

이귀율이 쓴웃음을 짓고 비로소 운도의 뒷덜미를 놓아주었다.

운도는 다시 털썩 하고 차가운 땅바닥에 떨어질 수밖에 없
었다.

제 힘으로는 몸을 일으킬 수도 없을 만큼 큰 고통이 여전히
사라지지 않았다.

"끙, 끙―"

그가 새우처럼 몸을 말고 맨땅에 누워 애처로운 신음 소리
만 간헐적으로 흘렸다.

이귀율이 어색한 웃음을 지으며 변명했다.

"나는 다만 이 녀석이 깊은 밤중에 사매의 거처로 난입하려
기에 막았을 뿐이야. 그랬더니 감히 나를 치지 뭐겠어?"

위서향은 아무 말도 하지 않았다. 팔짱을 낀 채 서서 지그시
바라볼 뿐이다.

이귀율의 이마에 진땀이 솟아났다.

"어린 녀석이 아무것도 모르고 설치기에 사문의 예의범절
을 가르치려는 것이었을 뿐이다. 설마 죽일 생각을 했겠어?"

"이제 그만 가봐."

위서향이 싸늘하게 말했다.

"별 용건도 없으면서 또다시 내 처소 근처를 배회한다면 그
때는 아버님께 말씀드리겠어. 사형이 감당할 수 있을지 몰
라?"

비웃음이 완연한 말이었지만 이귀율은 한마디도 대꾸하지
못했다.

고개를 푹 숙이고 물러나는 그의 두 눈에서 차갑고 음침한

불길이 활활 타올랐다.

그제야 운도가 겨우 몸을 일으켜 주저앉았다.

여전히 고통으로 얼굴을 온통 찡그리고 있지만 더 이상 끙끙거리는 신음은 흘리지 않았다.

이를 악물고 참는 것이다.

"괜찮니?"

위서향이 걱정스럽다는 듯 물었는데, 내려와 부축하지는 않았다.

"이 깊은 밤에 너는 왜 나를 찾아온 거치? 할 말이라도 있었던 거야?"

말투가 차갑다.

운도가 억지로 일어나 버티고 섰다. 아직도 허리를 꼿꼿이 펼 수 없었으므로 어정쩡한 모습이었다.

"괜찮아. 견딜 수 있어."

운도는 그녀에게 제 사부에 대하여 물어보겠다는 생각을 버렸다.

지독한 고통이 그의 이성을 되살려주었던 것이다.

'여태까지 아무 말도 해주지 않았는데 지금 물어본다고 해서 무슨 소용이 있을 것이냐? 나는 이미 사부의 정체에 대해서 알고 있지 않은가 말이다.'

그녀를 물끄러미 바라보는 운도의 가슴속에 만감이 교차했다.

위서향에 대해서 품었던 애틋하고 야릇한 마음이 싸늘히 식어가는 걸 스스로 느낀다.

'음흉해.'

위서향에 대한 생각이 그렇게 바뀌었다.

위진평의 무표정하던 얼굴이 절로 떠오른다.

거기에 자신을 노려보던 대사형 이귀율의 살기 어렸던 눈빛이 더해졌다.

그리고 그들에 대한 미움과 불신이 위서향에게로 옮겨갔다.

'다 똑같은 사람들이야.'

그렇게 단정하게 된다.

"별일 아니었어."

운도가 비로소 허리를 펴며 대수롭지 않다는 듯이 말했다.

하지만 그의 가슴은 찢어지는 것 같았다.

누군가에게서 모성을 느껴본 건 처음이다.

아니, 한 사람의 남자로서 애틋한 정을 느껴본 것도 처음인 것이다.

이제 그 가슴 떨리던 기쁨이 멀리 사라지려 하고 있었다.

"정말 괜찮은 거니? 치료해 주지 않아도 되겠어?"

"사저는 뜰로 내려오지도 않잖아? 거기 서서 치료해 주겠다는 말은 아니겠지?"

위서향이 머뭇거렸다.

겉옷을 여미면서 다시 말한다.

"네가 이리로 오지 않겠니?"

"싫어."

운도가 머리를 가로저었다.

'모두 형식적인 말이야. 진심이 아니야.'

운도는 그렇게 단정했다.

진심으로 치료해 줄 마음이 있었다면 당장 달려와 주었을 것이다.

하지만 위서향은 문턱 너머에 여전히 팔짱을 끼고 서서 바라보고 있을 뿐이다.

그리고 말로만 괜찮겠느냐고 물어본다.

운도에게는 그녀의 그런 태도가 더욱 야속하기만 했다. 그래서 화가 났다.

'믿을 사람은 아무도 없어.'

사부에 대한 그동안의 믿음마저도 흔들리고 있었다.

그러자 불쑥 이곳까지 데려다 주었던 황 대인, 황준보의 말이 떠올랐다.

"큰 장사꾼이 되려면 원수가 있어서는 안 되는 거야. 원수가 있으면 언젠가는 내 장사에 방해가 될 게 아니겠나? 그러면 이문을 남기기는커녕 물건을 다 빼앗기고 목숨마저 잃는 화를 당하기도 하는 거라네. 장사꾼은 그걸 경계해야지. 그래서 가끔은 억울한 일을 당하면서도 참고 항상 웃는 낯으로 사람을 대하는 거야. 그게 세상 살아가는 요령이라네."

그때는 황 대인을 가엾게 여겼다.

진심으로 사람을 대하지 못하고 언제나 제 속을 감추고 살아야 하는 처지가 불쌍하게 여겨졌던 것이다.

그러나 지금은 아니었다.

그의 말이 옳다는 걸 절실히 느낀다.

운도가 애써 웃어 보였다.

"미안해, 사저. 내가 괜히 소란을 떨어서 단잠을 깨웠지? 다시는 이런 일이 없도록 할게."

"괜찮아. 할 말이 있으면 언제든 와도 돼. 그런데 정말 괜찮은 거지?"

"응. 다 나았어. 봐."

운도가 팔다리를 흔들어 보였다. 온몸이 부서지는 것처럼 아팠지만 꾹 눌러 참고 내색하지 않았다.

"그래, 다행이구나. 그만 가서 자렴. 내일 보자."

"응, 사저도 잘 자."

끝내 누나라고 부르지 않았다.

이제는 그럴 생각이었다.

운도가 천천히 걸어서 사라지고 나자 위서향의 눈매가 날카로워졌다.

왼쪽의 어둠 속을 돌아보더니 낮고 싸늘하게 꾸짖는다.

"언제까지 훔쳐보고 있을 건가요?"

"이런, 들켰구나."

담장을 대신하고 있는 커다란 단풍나무들 속의 어둠 속에서 걸걸한 음성이 대답했다.

그리고 두 사람이 걸어나왔는데, 점창파의 백풍산과 산동 하가보의 하군악이었다.

그들을 노려보는 위서향의 눈매가 더욱 매서워졌다.

"당신들은 아녀자의 규방을 훔쳐보는 게 공통된 취미인가 보지요?"

그들 때문에 내려가 운도를 돌봐주지 못했다는 미움이 더해 져서 말투가 차갑고 쌀쌀맞았다.

"이런, 이런. 그런 게 아닌데 그만……. 어쨌든 정말 죄송하 게 되었소."

백풍산이 그 커다란 몸집에 어울리지 않게 얼굴마저 붉히며 뒤통수를 긁었다.

눈길 둘 데를 찾지 못해 당황하는 모습이 우습기조차 했다.

그러나 하군악은 그렇지 않았다.

그가 겸연쩍어하는 얼굴이 되어서 포권하고 급히 변명했는 데, 여전히 위서향의 몸에서 눈을 떼지 못하고 있었다.

"소저, 오해랍니다. 나와 백 형은 다만 잠이 오지 않아 이리 저리 배회하며 담소를 나누다가 조금 전의 그 꼬마 녀석이 이 리로 달려가는 걸 보았지요. 그래서 무슨 일인가 싶어 뒤따라 와 보았을 뿐이랍니다."

위서향을 바라보는 그의 눈빛에 점점 뜨거운 열기가 더해갔 다.

끈적거린다.

"그렇다면 왜 운도가 얻어맞는 걸 말려주지 않았지요? 재미 있던가요?"

"하하, 그럴 리가 있겠소이까? 다만 그 녀석의 상대가 곡주 님의 대제자인지라 나서서 참견하는 게 예의가 아닐 것 같아 망설이고 있었답니다."

그 말에 얼굴을 붉힌 채 쩔쩔매고 있던 백풍산이 재빨리 끼 어들어 거들었다.

"맞소. 바로 그거야. 막 말리려고 하던 참인데 위 소저가 등 장한 거라오. 우리는 상황이 묘해서 나서지도 못하고 돌아가 지도 못한 채 그저 숨만 죽이고 있을 수밖에 없었지 뭐요. 허 허허—"

"흥!"

위서향이 쌀쌀맞게 코웃음을 쳤다.

겉옷을 더욱 단단히 여미며 차갑게 말한다.

"이제 다 끝났으니 그만 돌아가 보세요. 앞으로 허락도 없이 내 처소에 얼씬거린다면 그때는 두 분을 치한이라고 여기겠어 요."

"이크, 그건 안 될 말씀이지. 실례했소이다."

그녀의 말에 백풍산이 기겁을 하고 포권하더니 뒤도 돌아보 지 않고 달아났다.

하군악은 그래도 미련이 남았는지 망설였다.

끈적거리는 눈길로 위서향을 한 번 더 훑어보고 나서야 마 지못한 듯 포권하고 말없이 돌아섰다.

백풍산처럼 재빨리 사라지지 않고 느릿느릿 걸어갔는데, 정
원을 벗어나기 전까지 세 번이나 뒤돌아보는 것이었다.

하지만 그때마다 위서향의 차갑고 매서운 눈길을 받았을 뿐
이다.

"휴— 아깝구나, 아까워."

정원을 벗어나자 그가 길게 한숨을 내쉬고 중얼거렸다.

운도는 밤새 잠을 자지 못했다.

제 처지를 생각하면 분하고 억울하기 짝이 없었다.

젖먹이 때부터 저를 손수 키웠다는 사부에 대한 배신감 때
문이기도 하다.

노여움과 함께 제 자신에 대한 처량함으로 인해 절로 눈물
이 났다.

"아무도, 아무것도 믿을 수 없어."

과연 사부가 당신의 말처럼 그렇게 저를 키웠던 건지조차
의심이 갔다.

생각해 보면 지난 십오 년 동안 아버지처럼 믿고 의지했던
사부 아니던가.

그런 사부가 그동안 철저하게 자신을 감춘 채 속여오고 있
었다는 게 더욱 큰 절망으로 다가왔다.

"무공도 뭣도 다 필요없어. 이까짓 무공을 배워서 뭐 할 건
데?"

당장 이곳을 나가 송번성으로 돌아가고 싶었다.

쾌도왕 갈포참이 거기 있기 때문이다.

그는 어수룩해서 사람들에게 놀림을 당하고 사는 바보이지만 그래도 속임수 같은 건 모르는 사람이었다.

언제나 반가워 어쩔 줄 모르며 맞아주던 그의 시커멓고 못생긴 얼굴이 이렇게 보고 싶어질 줄은 몰랐다.

"끄응—"

운도가 가슴을 움켜쥐고 고통스런 숨을 내쉬었다. 허리가 절로 꺾인다.

노기가 솟구치자 내상이 발작을 했던 것이다.

운도는 이귀율에게서 받은 내상이 심상치 않다는 걸 느꼈다.

"지독한 놈. 언제고 내 손에 이와 똑같이 당할 날이 있을 것이다.. 그때는 사정을 봐주지 않겠어."

분한 마음에 이를 뿌드득 갈지만 그때가 언제가 될지는 장담할 수 없었다.

이귀율과 저의 무공을 비교해 보면 한숨만 나올 뿐이다.

그는 이미 강호의 절정고수 반열에 올라 있지 않던가.

십천의 전승자가 되기 위해 여기 와 있는 누구에게도 뒤지지 않을 것이다.

"하지만 반드시 따라잡고 말겠어. 아니, 너보다 훨씬 무서운 고수가 되어주고 말겠어."

그렇게 야무진 결심을 하자, '어떻게?' 하는 생각이 떠올라 비참해졌다.

운도는 이제 더 이상 사부의 풍운검법을 수련하고 싶지 않았다.

이곳에서 위진평의 무공을 배우고 싶지도 않다.

그것이 아무리 개세적인 무공이라고 해도 그들이 미워지는 만큼 그들의 무공도 싫어지기만 했던 것이다.

그렇다면 어떻게, 어떤 무공을, 누구에게 배워서, 언제 이귀율보다 뛰어난 고수가 될 수 있단 말인가.

"휴―"

절로 한숨이 나온다.

그렇게 마음이 흔들리자 다시 가슴에 통증이 밀려왔다.

이 내상을 속히 치료하지 않으면 기혈이 점점 굳어져 끝내 폐인이 되고 말 것이다.

하지만 아무도 도와줄 사람이 없었다. 도움을 청할 사람도 없다.

당황 중에 두려워지기까지 하는데, 문득 떠오르는 생각 하나가 있었다.

"그렇다. 그 책!"

소정이의 어머니인 염 부인이 맡긴 옥패와 책이 있지 않던가.

옥패는 무엇인지 모르니 상관없지만 책은 그렇지 않았다.

운도는 그것을 맡기며 했던 염 부인의 말을 떠올렸다.

그 책에 들어 있는 건 하나의 내공심법인데 그것을 익히면 천하제일이라고 할 만한 내공을 지니게 될 거라고 하지 않았던가.

그렇다면 그 책 속에서 방법을 찾을 수 있을지도 모른다.

애써 가슴의 고통을 참으며 침상 아래로 기어들어 간 운도가 낡은 나무판자를 뜯어내고 헝겊에 싸서 그 아래 감추어두었던 책을 꺼냈다.

표지에 무어라고 글자가 적혀 있었는데 워낙 낡은데다가 먹빛이 흐려져서 아무리 애를 써도 알아볼 수가 없었다.

염 부인은 이 안의 내용을 모두 암기한 다음에 불태워 버리라고 했다.

하지만 운도는 아직 한 번도 이것을 열어본 적도 없었다.

무언가 꺼림칙한 느낌 때문이기도 했고, 익혀도 좋다는 염 부인의 허락이 있었다고는 해도 제 것이 아니라는 생각 때문이었다.

그러나 이제는 망설일 수가 없었다.

책을 펼쳐 들고 한 구절씩 읽어 내려가는 동안 운도는 그것에 담겨 있는 심오하고 기이한 매력에 흠뻑 빠져들었다.

머리가 갸웃거려지는 부분마다 어김없이 주석이 달려 있어서 절로 감탄하게 된다.

어려서부터 사부에게 총명함을 인정받은 운도였다.

서너 번을 되풀이하여 읽자 그 안의 내용이 거의 대부분 머릿속으로 옮겨 들어왔다.

불과 십여 장에 지나지 않는 얇은 책이고, 그 안의 구결들도 많지 않았다. 구결보다 오히려 주석이 더 많은 부분을 차지하고 있었던 것이다.

운도는 구결뿐 아니라 그것에 달려 있는 주석들까지 한 글자도 빠뜨리지 않고 읽고 또 읽었다.

그렇게 새벽녘이 될 때까지 족히 스무 번은 읽고 생각했을 것이다.

그러자 구결은 이제 한 자, 한 획도 남기지 않고 모조리 그의 머릿속에 새겨지게 되었다.

책을 덮은 운도는 지그시 눈을 감고 세 번이나 더 되풀이하여 그것을 암송한 다음에야 마음을 놓았다.

이제 이것이 없다고 해도 아무 문제될 게 없었다.

그래도 신중하게 잠시 생각하던 운도가 벌떡 일어나 유등을 가져왔다.

책장을 한 장씩 찢어 다시 한 번 자신이 암기하고 있는 것과 비교해 보며 불에 태우기 시작했다.

"천마심공이라고 해야 하는 건지도 모르겠어."

마지막 장을 불에 태우면서 문득 그렇게 중얼거렸다.

심공의 내용 중에 천마(天魔)라는 말이 무려 열다섯 번이나 반복되고 있었던 것이다.

"천마심공이라……."

중얼거리자 한 사람의 이름이 불쑥 떠올랐다.

그의 가슴속에 불세출의 영웅으로 새겨져 있는 바로 그 이름.

절대천마 풍약헌.

운도의 입가에 흡족한 미소가 떠올랐다.

"그래, 이 심공을 나는 천마심공이라고 부를 테다. 그것의 원래 이름이 뭐든 상관없지."

그렇게 결정하고 나자 가슴속 가득 뿌듯한 기쁨이 차올랐다.

풍약헌이라는 이름을 떠올리기만 해도 저도 모르게 기운이 충만해지는 운도였다.

밤새 한잠도 자지 못했지만 피곤하지 않았다.

팔다리를 움직여 몸을 풀던 운도가 '아!' 하고 놀란 외침을 터뜨렸다.

그토록 자신을 괴롭혔던 내상이 씻은 듯 사라지고 없는 것이 아닌가.

밤새 천마심공의 구결을 외는 동안 절로 그렇게 되었다는 걸 믿을 수가 없었다.

第九章
나의 친구, 나의 스승

마룡의 후예

"대체 왜 그러는 거야?"

위서향의 말에 짜증이 묻어났다.

"그냥."

"그냥이라니? 그런 대답이 어디 있어?"

운도를 바라보는 눈매가 날카로워진다.

하지만 운도는 개의치 않았다.

"수련을 할 거야, 말 거야? 하지 않을 거면 이곳에 무엇 하러 왔니?"

"그저 좀 쉬고 싶어서 그럴 뿐이야."

운도의 대답은 여전히 심드렁하기만 했다. 자꾸 시선을 피한다.

그게 위서향에게는 더 화가 나는 일이었다.

"말할 때는 나를 보면서 해야지."

운도의 두 볼을 잡아서 돌려놓은 위서향이 그의 눈을 똑바로 바라보며 야무지게 말했다.

"다들 열심히 하는데 너 혼자 이렇게 게으름을 부린다면 머지않아 탈락하고 말 거다. 그건 네 사부님의 명성을 욕되게 하는 일이야. 저기를 봐. 다들 저렇게 열심히 수련하고 있잖니? 자기 자신의 명예를 위해서이기도 하고, 십천지주가 되겠다는 의지 때문이기도 하지만 각자의 사문과 사부님을 욕되게 하지 않겠다는 기특한 생각에서인 거야. 그런데 너는 도대체……."

"흥, 사부님이라고?"

단운도가 위서향의 손을 뿌리쳤다.

차마 저와 사부와의 일에 대해서는 말할 수 없으니 그저 볼을 잔뜩 부풀릴 뿐이다.

"에휴, 마음대로 해라. 내가 바쁜 시간을 쪼개서 너에게 풍사곡의 무공을 가르쳐 주는 건 아버지의 명이기도 했지만 너를 위하는 마음에서였어. 하지만 네가 내 말을 따르지 않으니 어쩔 수 없지."

눈을 흘겨준 위서향이 떠나갔다.

잠시 그녀의 뒷모습을 멍하니 바라보고 있던 운도는 가슴이 아팠다.

하지만 한 번 닫혀 버린 마음은 좀체 열리지 않았다.

운도가 연무를 포기한 채 담장에 기대어 털썩 주저앉았다.

북무관에서는 운도를 뺀 네 사람이 각자 자신들의 무공을 열심히 연마하고 있는 중이었다.

그들은 아직 위진평으로부터 그의 무공을 배우기 전이었으므로 다들 자신의 무공을 연습하고 있었는데 서로 자랑이라도 하려는 것같이 보였다.

아니면 내 무공이 너보다 낫지 않느냐고 뽐내고 있는 건지도 모른다.

점창파의 백풍산이 검법을 연습하는 걸 보던 운도가 다른 쪽에서 장법을 연습하고 있는 아미파의 청향 비구니를 바라보았다.

그녀는 아미장법의 정수라고 할 수 있는 천수불장(千手佛掌)을 반복하고 있는 중이었다.

그들과 뚝 떨어진 곳에서는 산동 하가보의 하군악이 두 자루의 단창을 맹렬하게 휘두르고 있었다.

하가신창(河家神槍)으로 불리는 하가장의 절기 중 음양쌍극(陰陽雙戟)이라는 절세적인 창법이다.

운도는 하군악의 뺀질거리는 얼굴과 느끼한 분위기가 싫었지만 그가 펼쳐 보이는 창법을 보고는 진심으로 감탄하지 않을 수 없었다.

하군악이 두 자루의 단창으로 허공을 찌르거나 몽둥이처럼 휘두를 때마다 윙윙거리는 웅장한 바람 소리가 났다.

그의 내력이 얼마나 크고 깊은지 흑오철로 자루를 만든 창대가 부러질 듯이 진동을 한다.

그때마다 웅웅거리는 울림이 큰 북을 두드리는 것처럼 들려와 가슴을 뛰게 했다.

운도는 저도 모르게 하군악의 그 창법을 뚫어지게 바라보고 있었다.

그런 사실마저 의식하지 못할 만큼 몰입해 있다.

세 번 음양쌍극의 창법을 되풀이해 연습한 하군악이 비로소 손발을 멈추었다.

가쁜 숨을 고르며 땀을 닦아낼 때에야 운도는 천천히 시선을 돌려 저쪽에서 열심히 연습하고 있는 위서향을 바라보았다.

그녀는 여전히 황룡장법을 연습하고 있었는데 평소보다 느리게 초식을 전개했다.

중요한 곳에서는 잠깐씩 멈추기도 하는 것이, 운도가 그것을 보고 눈으로라도 익혀주기를 바라는 간절한 마음이 충분히 엿보였다.

'위 누나……'

그런 위서향의 마음을 짐작한 운도의 눈꺼풀이 파르르 떨렸다.

입술을 깨문다.

느릿느릿 몸을 일으킨 그가 천천히 연무장을 벗어나기 시작했다.

백풍산과 청향 비구니는 여전히 각자의 절기를 연습하는 일에 몰두해 있어서 알아채지 못했으나 막 연공을 끝낸 하군악과 내내 운도에게 신경을 쓰고 있던 위서향은 즉각 그것을 알아챘다.

"거기 서!"

위서향이 연무를 중단하고 매섭게 소리쳤지만 운도는 듣지 않았다.

멀어지는 그의 뒷모습을 바라보는 위서향의 눈에 실망과 안타까움이 물결쳤다.

"쓸모없는 놈이었군."

다가온 하군악이 비웃음을 흘렸다. 위서향이 그를 쏘아본다.

"당신은 말을 함부로 하는 버릇이 있군요? 세상에 쓸모없는 사람은 없어요!"

그녀의 말속에 경멸의 감정이 들어 있건만 하군악은 노여워하지도 않았다.

빙글빙글 웃으며 느끼하게 바라볼 뿐이다.

연무장인 북무관을 나온 운도는 고개를 푹 숙인 채 천천히 걸었다.

저도 모르게 그의 발길이 풍사곡 밖으로 향하고 있었는데 아무도 가로막는 사람이 없었다.

운도는 굳게 닫혀 있는 문을 밀고 기어이 풍사곡 밖으로 나갔다.

이곳에 온 뒤로 처음 있는 일이었다.

운도가 인적이 뚝 끊어져 적막하기 짝이 없는 골짜기를 터덜터덜 걸어 자꾸만 멀어졌다.

다시는 돌아오지 않을 사람 같았고, 저 안에 남아 있는 자들과는 영원히 마주치지 않을 다른 길을 가는 사람 같기도 했다.

그렇게 십여 리를 걸어 내려온 운도가 풍사곡에 들어가기 위해 잠시 머물렀고, 황 대인과 작별한 곳이기도 한 그 성읍에 이르렀다.

광문산 남쪽 골짜기 입구에 있는 제법 큰 시진인데, 숙현이라고 한다.

광문산 일대 십여 개의 현성 중 동쪽에 있는 광문현 다음으로 큰 성읍인 것이다.

적막하기만 했던 풍사곡과는 달리 숙현의 저자는 사람들로 넘쳐 났고, 어디를 가든지 풍성한 산물들이 널려 있어서 눈이 심심하지 않았다.

비로소 사람 사는 곳 같은 분위기에 운도의 마음이 훨씬 편해졌다.

이처럼 어울려 부대끼며 살아가는 것이 세상 사는 맛이라고 생각하자 풍사곡에서의 삶은 그렇지 못했다는 게 새삼 느껴졌다.

그곳의 삶은 고요하고 평화로웠지만 그 속에 치열한 의심과 경계와 질투의 마음이 숨겨져 있었다.

소리장도(笑裏藏刀)라는 말처럼 웃는 얼굴 뒤에 비수를 감추고 있는 사람들뿐이었다고 생각한다.

그러자 더욱 풍사곡에 대한 정이 떨어졌다. 다시는 돌아가고 싶은 마음이 없다.

천천히 왁자지껄한 거리를 따라 걷던 운도의 눈에 이층의 객잔이 들어왔다.

저도 모르게 황 대인과 마지막 밤을 함께 묵었던 그 객잔을 찾아온 것이다.

그 앞에서 잠시 황 대인에 대한 생각을 하던 운도가 성큼 객잔 안으로 들어갔다.

그와 함께 여행한 한 달여 동안 운도는 황 대인에 대한 신뢰와 감사를 가슴 깊이 간직하게 되었다.

그는 아무 사심이 없었을뿐더러 오히려 자기를 위해 조언해 주고, 제 시간과 노력을 아낌없이 베풀어주지 않았던가.

상인으로서는 목숨과 같은 돈마저 아끼지 않고 썼다.

그가 전별금이라며 건네주었던 돈을 운도는 지금도 고이 간직하고 있었다.

생전 처음 만져 보는 거금이었다.

그가 왜, 무엇 때문에 처음 보는 자기에게 그와 같은 호의를 베풀었는지에 대해서는 심각하게 생각해 보지 않았다.

함께 여행했던 그 한 달 동안 황 대인 역시 자기에게 깊이 정이 들어 먼 길을 떠나보내는 아들을 대하는 심정이었을 것이라고 여길 뿐이다.

그런 생각의 작용이었을까?

운도는 황 대인과 함께 식사를 하고 차를 마시던 이층 창가의 그 자리에 앉아 있었다.

어린 소년 혼자서 이와 같은 객잔에 왔다는 게 이상한지 사람들이 힐끔거렸지만 느끼지 못했다.

몇 가지의 음식과 차를 시켜놓은 채 그것들이 식는 줄도 모르고 멍하니 창밖을 내다보며 상념에 잠겨 있는 운도의 귀에 시끄러운 사람들의 말소리가 들려왔다.

막 이층으로 올라온 다섯 사람의 중년 사내들이었다.

장사꾼으로 보이거나, 현의 주민들로 보이는 평범한 사람들이었다.

그들이 떠들어대는 말이 운도는 물론 그곳에 있던 다른 사람들의 호기심을 끌었다.

"그렇게 재빠른 칼솜씨는 정말 처음 봐."

"세상에 아마 그자처럼 재빨리 살과 뼈를 발라낼 수 있는 자는 없을 거야. 소 한 마리를 해체하는 데 눈 깜짝할 만큼밖에는 걸리지 않았어. 보았으면서도 믿을 수 없다니까?"

"대체 얼마나 오랫동안 그 일을 해왔기에 그런 솜씨를 발휘할 수 있는 걸까?"

"제 어미의 뱃속에서부터 칼질을 해왔다고 해도 그럴 수는 없을걸?"

그들이 흥분하여 와자하게 떠들어대는 말에 주변의 사람들이 참견했다.

"무슨 일인데 그러쇼?"

"어디 좋은 구경거리라도 생겼소?"

처음 일행 중 한 명이 크게 머리를 끄덕였다.

"서쪽 가로에 푸줏간이 하나 새로 생겼다오."

"그게 뭐 대수로운 일이오? 성내에 서너 곳의 푸줏간이 있는데 또 하나 생겼다고 해서 특별할 게 있겠소?"

"모르시는 말씀. 그 푸줏간의 주인이라는 사내가 이게 보통이 아니란 말이외다."

"어떻게 말이오?"

"가서 보면 알 거요. 소 한 마리를 해체하는 데 불과 두어 식경밖에 걸리지 않더라니까?"

"에이, 설마. 과장도 그런 과장이 어디 있소?"

"어허, 그 칼질 솜씨를 한 번 보면 당신도 입에 거품을 물고 나자빠질걸?"

그들의 말을 들은 운도의 가슴이 철렁하고 내려앉았다.

'설마 쾌도왕이?'

그럴 리가 없다고 생각하면서도 이 세상에서 그처럼 재빠른 칼솜씨를 지닌 자라면 쾌도왕밖에는 달리 떠올릴 사람이 없었다.

운도가 처음 말을 꺼낸 사내에게 다가갔다.

"거기가 어디라고 하셨죠?"

"왜? 너도 가보려고?"

"그런 귀한 구경거리가 있다면 놓칠 수 없지 않겠어요?"

"하하, 그렇지. 여기를 나가서 왼쪽으로 쭉 올라가다 보면 사람들이 와글와글할 거다. 바로 거기야. 찾기 쉬워."

“고맙습니다.”

객잔을 떠나는 운도의 발걸음이 허둥거리고 있었다.

가르쳐 준 대로 왼쪽 길을 따라 달음박질치자 과연 저 앞에 사람들이 구름처럼 몰려 있는 게 눈에 띄었다.

‘와아!’ 하는 함성도 들린다.

“쾌도왕!”

운도가 깜짝 놀라 우뚝 멈추어 섰다.

멀리에서도 푸줏간의 현판이 뚜렷이 보였던 것이다.

〈쾌도왕〉

송번성에서 보았던 바로 그 현판이 틀림없었다.

“이게 대체 어떻게 된 일이야? 그가 왜 여기에……?”

얼떨떨했지만 왈칵 밀려드는 반가운 마음이 그 모든 걸 덮어버렸다.

“쾌도왕!”

사람들을 헤치고 나간 운도가 목청껏 부르자 땀을 뻘뻘 흘리며 고기를 썰고 있던 사내가 고개를 번쩍 들었다.

시커멓고 우락부락하게 생긴 험악한 얼굴.

그러나 눈빛이 흐리고 입가에는 바보스런 웃음을 흘리고 있어서 얼굴과 표정이 전혀 어울리지 않아 보이는 장한.

바로 쾌도왕이었다.

커다란 체구와 울퉁불퉁 박혀 있는 근육들은 그를 흉포한 산적의 두령쯤으로 보이게 했다.

그러나 송번성에서와 마찬가지로 이곳에서도 사람들은 아무도 그런 쾌도왕을 무서워하지 않았다.

그가 바보스럽기 짝이 없는 순둥이라는 걸 벌써 모르는 사람이 없게 된 것이다.

그의 가게는 그야말로 문전성시를 이루고 있었다.

송번성에서도 그의 푸줏간은 늘 사람들로 북적였는데 여기라고 다르지 않았던 것이다.

세상물정을 조금만 더 알았더라도 벌써 큰 부자가 되었을 텐데 그는 돈에는 도대체 관심이 없는 사람이었다.

취미 삼아, 아니면 소일거리 삼아 푸줏간을 하고 있는 것 같았다.

기분 내키면 뭉텅뭉텅 덤으로 썰어주는 고기가 원래 주문받은 고기보다 훨씬 많기 일쑤였다.

그러니 아무리 찾는 손님들이 많아도 이문을 남지지 못했다.

그저 제 가게를 찾아오는 사람들이 많을수록 더욱 좋아하고 신나 하는 그런 사람인 것이다.

그 쾌도왕이 두리번거리더니 입을 딱 벌렸다.

"운도야!"

고기를 썰던 칼을 내던지고 쿵쾅거리며 달려나왔다.

피와 기름으로 쩐 앞치마에서 역겨운 비린내가 풀풀 날린다.

운도가 코를 쥐었지만 쾌도왕은 아랑곳하지 않고 그를 번쩍 안아 올렸다.

힘이 장사라 열다섯 먹은 덩치 큰 소년을 마치 공깃돌 놀리듯이 했다.

사람들이 모두 신기하다는 듯이 그런 쾌도왕을 보고 운도를 보았는데, 운도의 몸뚱이가 높이 던져질 때마다 '앗!' 하고 놀란 소리를 냈다가 쾌도왕이 떨어지는 그를 거뜬히 받아 안으면 다시 '와—' 하고 감탄성을 터뜨렸다.

그 자체가 사람들에게는 쾌도왕의 칼솜씨를 구경하는 것 못지않게 진귀한 구경거리이기만 했다.

"오늘 장사 끝!"

운도를 내려놓은 쾌도왕이 그렇게 소리쳤다.

"뭐야? 내 고기는?"

"내일 와서 찾아가."

"급하단 말이다! 저기 다 썰어놨잖아. 담아주기만 하면 되잖아!"

"내일 찾아가라니까? 말 못 알아들어?"

쾌도왕이 눈을 부릅떴다.

그러자 그 험악한 인상이 사람들을 질리게 했다.

그때의 쾌도왕은 헤헤 웃기만 하던 그 바보천치가 아닌 것 같았다.

쾅!

덧문을 부서져라 하고 닫아버린 쾌도왕이 두 팔을 휘휘 내

둘렀다.

"가! 가란 말이야! 오늘 장사 안 해!"

그걸로 그만이었다.

그가 뒤에서 욕을 해대는 사람들을 놔둔 채 운도를 번쩍 안아 들더니 성큼성큼 걸어 떠나갔다.

쾌도왕은 앞섶을 풀어헤친 채 물 마시듯 술을 마시고, 그 앞에서 운도는 만두를 깨작거리고 있었다.

"여길 어떻게 왔어?"

운도의 물음에 쾌도왕이 대수롭지 않게 대답했다.

"어떻게 오긴, 내 발로 걸어서 왔지."

"왜 왔느냔 말이야. 송번성에서 자리 잡고 있었는데 그걸 내버리고 왜 여기까지 온 거냐고!"

답답해진 운도가 버럭 소리치자 쾌도왕이 껄껄 웃었다.

숙현 외곽의 구석진 곳에 있는 허름한 객잔 안이었다.

아직 술손님이 찾아오기에는 이른 오후 시간이라 텅 비어 있었다.

운도와 쾌도왕 둘뿐이다.

쾌도왕이 운도의 머리를 쥐어박는 시늉을 하며 눈을 부라렸다.

"너는 내가 보고 싶지 않더냐? 나는 네가 떠나고 나서 며칠 지나니까 더 견딜 수 없어지더라. 그래서 다 때려치우고 그냥 떴지 뭐."

"쳇."

운도가 눈을 흘겼지만 마음은 그 어느 때보다 따뜻하고 행복해졌다.

"내가 호남으로 간다고만 했지 광문산 풍사곡에 있을 거라고는 안 했잖아. 그런데 용케도 찾아왔네?"

"도중에 황 대인을 만났지. 그에게서 네 소식을 들었다."

"응? 황 대인을 만났어?"

운도의 눈이 반짝였다.

"그분은 잘 계셔? 건강하시지? 사천으로 돌아간다고 하시더니 도중에 너와 만났던 모양이구나?"

"그래. 여전히 낙타며 말 잔등에 짐을 잔뜩 싣고 있더라. 대체 왜 그렇게 바쁘게 사는지 몰라."

딱하다는 듯 쾌도왕이 혀를 찼다.

운도는 제가 송번성을 떠나온 지 벌써 넉 달이 되어가고 있다는 걸 생각했다. 가슴이 아파왔다.

향수병 같은 것이다.

하지만 이렇게 쾌도왕을 만났으니 그나마 위로가 되었다.

황 대인도 언젠가는 호남으로 다시 내려올 것이라고 믿었다.

그러면 저를 찾아오지 않을까 하는 기대로 마음이 설레기도 한다.

"너, 무공을 배우려고 여기 왔다면서?"

"응?"

쾌도왕이 뜻밖의 것을 물었으므로 운도가 어리둥절해했
다.
"아니, 그걸 어떻게 알았어?"
"말했잖아, 황 대인에게서 들었다고."
"그 양반이 별 쓸데없는 말을 다 했구나."
운도의 얼굴이 시무룩해졌다.
쾌도왕이 다시 말했다.
"여기 와서 들어보니까 그 풍사곡주라는 사람이 대단하다
며? 천하의 십대고수 중 한 사람이라던데, 그러냐?"
"응."
"잘됐다. 그런 사람에게서 무공을 배우면 너도 조만간 십대
고수 중 한 사람이 될 거 아니겠어? 우허허허—"
"쳇."
운도가 볼을 부풀렸다.
쾌도왕이 그런 소년을 빤히 바라보다가 고개를 갸웃거렸다.
"그런데 너는 열심히 무공을 연마하지 않고 왜 여기 와 있는
거냐? 왜 딴 짓을 하고 다녀?"
"안 배울 거야."
"뭐라고?"
"그깟 무공 따위 배워서 뭐 해? 다 싫어. 그냥 송번성으로 돌
아가자. 거기서 옛날처럼 그렇게 살자. 내가 푸줏간 일을 열심
히 도와줄게. 먹여주고 재워주기만 하면 돼."
"이런, 이런!"

쾌도왕이 눈을 부릅떴다. 무서운 얼굴이 되어 운도를 잡아
먹을 듯이 노려본다.

"그럴 거면 왜 이 먼 데까지 왔어! 사내자식이 그렇게 마음
이 약해서 어디에 써!"

"뭐라고?"

전혀 다른 사람이 된 것 같은 쾌도왕의 호통에 운도가 움찔
했다. 어리둥절해지기도 한다.

"무공을 배워서 천하제일의 고수가 된다면 그 얼마나 좋아?
너를 억울하게 한 놈들을 실컷 때려줄 수도 있고, 아무도 너를
얕보지 못하게 될 거고, 마음껏 활개를 치면서 온 세상을 유람
할 수도 있잖아?"

"쳇, 고작 그러려고 무공을 배운다는 거야?"

"이놈아, 그게 중요한 게 아니다!"

쾅!

쾌도왕이 차마 운도의 머리통을 쥐어박지는 못하고 애꿎은
탁자를 내려쳤다.

분한 마음이 있는데 뭐라고 그것을 표현해야 할지 몰라 얼
굴만 벌겋게 달아오른 채 씩씩거리더니 버럭 소리쳤다.

"가라!"

쾌도왕이 평소의 그답지 않게 냉정하게 말했다.

"거기서 무공을 배우기 싫으면 다시는 나를 만나러 오지 마.
나도 그냥 송번성으로 돌아가고 말 테다."

"쾌도왕……."

처음 보는 그의 모습에 운도는 놀라기도 하고 두렵기도 했다. 서운하기도 하다.

"열심히 무공을 배우고 자신이 생겼으면 나를 보러 와도 좋다. 내 앞에서 시범을 보이고 내 마음에 들면 그때 고기를 실컷 먹여주지. 하루 종일 놀아줄 테다. 그전에는 절대 안 돼."

쾌도왕이 눈을 부라렸다.

운도에게는 그런 그가 전부터 알던 사람이 아니라 전혀 다른 사람인 것 같았다.

그는 어떨 때는 바보였다가, 어떨 때는 제정신으로 돌아와 멀쩡한 사람이 되는 건지도 모른다는 생각이 든다.

"가! 어서 가! 꼴도 보기 싫다! 나는 줏대없는 사내놈이 제일 싫어!"

쾌도왕에게 등을 떠밀려 쫓겨난 운도는 서운함이 말할 수 없이 컸다.

하지만 터덜터덜 어두워져 가는 산길을 걸어 풍사곡으로 돌아가면서 그 마음은 점차 쾌도왕에 대한 고마움으로 바뀌었다.

"그가 나의 진정한 친구이면서 스승이다."

운도가 중얼거렸다.

자신을 이처럼 따끔하게 혼내주고 격려해 주는 사람은 이 넓은 천하에서 오직 쾌도왕 한 사람이 있을 뿐이라고 생각했다.

"그렇다. 쾌도왕의 말이 맞다."

운도가 크게 머리를 끄덕이며 다시 중얼거렸다.

"무공은 나를 위해서 배우는 거지 누구에게 주려고 배우는 게 아니지 않은가. 이왕 이렇게 된 이상 나에게 찾아온 기회를 내버리는 바보는 되지 않겠다."

강호의 무리 중 십천의 무공을 배우고 싶어 하지 않는 자가 없다.

하지만 선택받은 지극히 소수의 영재들만이 십천의 제자가 되어 그들의 무공을 배우지 않는가.

운도는 제가 그런 기회를 잡았다는 게 보통 일이 아니라는 걸 자각했다.

대사형 이귀율에 대한 미움도 새롭게 생겨났다.

"그들이 나를 비웃고 속여도 무시하면 그뿐이다. 나는 십천의 무공을 배우고 말 테다. 그래서 천하를 오시할 만한 고수가 된다면 그들은 더 이상 나를 비웃지 못하겠지."

소년다운 유치한 생각이었다.

하지만 그런 생각이 운도에게 다시 의욕과 투지를 가져다주었다.

풍사곡으로 돌아온 운도는 전혀 다른 사람이 된 것 같았다.

아침 일찍 일어나 누구보다 먼저 북무관으로 달려갔고, 위서향으로부터 배운 황룡장법을 지칠 줄 모르고 연습했다.

수백, 수천 번 그렇게 하자 장법 안에 감추어져 있는 깊은 뜻과 비결이 절로 알아졌다.

　몸이 이미 그것을 저의 신경조직 속에 새겨 넣었고, 비법이 절로 본능 속에 새겨졌으니 운도의 황룡장법은 풍사곡주 위진 평의 그것과 다름없이 완벽해졌다.

　쾌도왕과 헤어진 지 불과 열흘이 지났을 뿐인데 그와 같은 성취를 보았던 것이다.

　밤이 되어 화평각에 들면 잠을 자는 대신 자신이 천마심공이라고 명명한 그 알 수 없는 심법을 외우며 그 안의 가르침에 따라 운기행공으로 밤을 새웠다.

　사부에게서 배웠던 운기의 비법을 다시는 수련하지 않으리라고 독하게 마음먹었던 것이다.

　염 부인에게서 받은 그 책자 속의 신공은 신통해서 운도는 그것을 수련하기 시작하면서부터 자신의 내력이 급속히 증진되는 걸 느낄 수 있었다.

　그건 사부에게서 배운 신공을 운기할 때와는 비교할 수 없는 속도였다.

　십 년 동안이나 사부의 내공심법을 수련해서 얻었던 내공을 천마심공을 제대로 수련한다면 일 년 안에 얻을 수 있을 것 같았다.

　그와 같은 신공을 혼자서만 알고 있다는 생각은 어린 소년의 가슴속에 무한한 자부심을 가져다주었다.

　그건 곧 자신감과도 연결되어서 날이 갈수록 운도의 움직임에는 활기가 넘쳐 났고, 눈빛이 더욱 초롱초롱하게 빛나게 되었다.

그날도 운도는 저녁 식사를 마치기 무섭게 아무와도 어울리지 않고 곧장 자신의 거처인 화평각으로 돌아왔다.

오늘 저녁은 청소를 할 생각이었다.

넓은 삼층의 누각 전체를 깨끗이 청소하려면 부지런하게 움직여야 할 것이다.

운도에게는 이미 저만의 방법이 있었다.

먼저 창문을 활짝 열기 위해 대청에서부터 삼층에 이르기까지 오르내리는 움직임이 예사롭지 않았다.

계단을 날듯이 뛰어오르고, 허공에 몸을 띄워 이 창문에서 저 창문으로 옮겨가는 동작이 매끄럽고 가벼웠다.

그건 바로 황룡장을 연마하면서 스스로 터득한 그 안의 신법 비결을 운용했기 때문이다.

창틀을 걷어차고 공중제비를 돌아 건너편 창으로 날아가는 신법은 하가장의 하군악이 펼쳐 보였던 음양쌍극의 수법 중에 들어 있는 경신공부다.

미끄러지듯 복도를 이동하면서 두 손을 휘둘러 가볍게 장력을 날려 잇달아 창문을 열어대는 솜씨는 아미의 천수불장이었다.

그는 지난 열흘 동안 황룡장뿐만 아니라 이미 그들의 절기를 모두 익히고 있었던 것이다.

순식간에 삼층 누각의 수십 개 창문을 그렇게 열어젖힌 운도가 두 개의 대걸레를 집어들었다.

하군악이 사용하던 단창만 한 길이의 대걸레였다.

휙휙—

두 개를 엇갈려 허공에 몇 번 휘저어본 다음 걸레에 물을 듬뿍 묻히더니 땅을 박차고 뛰어올랐다.

단숨에 대청의 천장에 닿을 듯한 도약이었다.

허공중에서 이리저리 몸을 비틀며 두 개의 짧은 대걸레를 휘두르는데 하군악이 연습하던 음양쌍극의 수법 그대로였다.

몸이 아직 허공중에 있는 그 짧은 동안에 여덟 번이나 방향을 바꾸며 걸레를 휘두르는 솜씨가 하군악의 그것 못지않았다.

"찻!"

떨어지는 기세를 한껏 가볍게 하며 발끝으로 난간을 찍은 운도가 이번에는 비스듬히 날아갔다.

휙휙—

여전히 음양쌍극의 수법으로 걸레를 어지럽게 휘둘러 창틀을 닦고 기둥을 쓸어댄다.

허공에 온통 걸레에서 튕겨져 나온 물방울이 가득했다.

촤아아아—

그것들이 바닥에 떨어지는 소리가 마치 빗소리 같았다.

순식간에 넓은 화평각의 대청 청소가 끝난 것이다.

짝짝짝짝—

운도가 가볍게 바닥에 착지해서 숨을 고르는데 불쑥 박수소리가 들려왔다.

'아차!'

운도의 낯빛이 그 즉시 핼쑥해졌다.

스스로의 흥에 도취되어서 누가 온 것도 모르고 있었던 것
이다.

"대단하군, 대단해. 진심으로 감탄하지 않을 수 없는 솜씨였
어."

아리따운 소녀의 음성이었다.

운도가 천천히 돌아본 곳에 아미의 청향 비구니가 놀란 얼
굴을 하고 서 있었다.

"산동 하가보의 절기를 청소하는 데 쓸 줄은 몰랐어. 두 자
루의 걸레로 단창을 대신하다니. 호호, 하 사형이 알면 아마 미
칠 듯이 화를 낼걸?"

"너, 너……."

운도가 울상을 했다.

"게다가 아미의 천수불장이 창문 여는 데 사용될 수도 있다
니…… 재미있군."

"청향 사매, 다 봤구나?"

"운 사형의 실력이 그 정도일 줄은 아무도 모를걸?"

청향 비구니는 운도 또래의 소녀였다. 머지않아 열여섯 살
이 되는 운도보다 한 살 어리다고 했다. 그래서 그녀는 누구에
게나 스스럼없이 사형이라고 했다.

"그에게 말할 거야?"

청향 비구니가 배시시 웃었다.

박속처럼 하얀 이가 살짝 드러나는 것이 귀엽기 짝이 없다.

머리만 길렀더라면 붉은 볼과 갸름한 얼굴이 잘 어우러져

누구든 감탄할 만한 미소녀로 변할 것이다.

그녀가 머리를 갸우뚱거리더니 다시 말했다.

"하긴, 언젠가는 그들의 사부에게서 그들의 무공을 배워야 할 테니 지금 조금 먼저 배웠다고 크게 문제될 것도 없겠네."

훔쳐 배웠다는 말을 부드럽게 한 것이다. 그걸 알아듣지 못할 운도가 아니었다.

그들은 북무관에서 연무할 때에 다른 사람이 자신의 무공을 보는 걸 신경 쓰지 않았다.

청향 비구니가 한 말과 같은 생각을 서로 하고 있었던 것이다.

어차피 돌아가면서 다 배우게 될 테니 상관없는 일이기는 하다.

그러나 그걸 이렇게 사용한다는 건 그들에 대한 모욕이 될 수도 있었다.

운도는 미처 그 점을 생각하지 못했다는 걸 후회했다.

"청향 사매, 나는 그저 장난삼아서 했을 뿐이야. 다른 뜻은 없어."

"알고 있어. 하지만 역시 내 입을 막을 필요는 있지 않겠어?"

방긋방긋 웃는 것이 영 꺼림칙하기만 했다. 그러나 청향의 말이 하나도 틀리지 않았으므로 운도는 그저 눈만 끔벅거리며 그녀의 눈치를 볼 뿐이었다.

第十章
풍운검법의 효용

마룡의 후예

“어디, 너의 솜씨를 한번 보여봐라.”

“맞아. 이곳에 온 이후 너의 솜씨를 구경해 본 적이 없어.”

운도에게 다가온 백풍산과 하군악이 뜻밖의 요청을 했다.

운도는 당황스러웠다.

생각해 보니 그들이 이곳에 온 이후 자신은 오직 황룡장법만을 연습했을 뿐 풍운검법을 한 번도 펼쳐 보인 적이 없었다.

곡주인 검진삼협 위진평 앞에서 펼쳐 보였던 것이 처음이자 마지막이었다.

백풍산 등은 그동안 자신들의 절기를 감추지 않고 보여주었는데 운도만 감추고 있었으니 서운하게 여길 만도 했다.

“해봐. 나도 운 사형의 절기를 구경하고 싶어.”

청향 비구니까지 나서서 졸라댔으므로 운도는 더욱 난처했다.

"그래, 나도 너의 검법을 제대로 보지 못했구나. 한번 해봐."

한쪽에서 바라보고 있던 위서향마저 다가와 그렇게 말했으므로 운도로서는 거절할 수가 없었다.

"별거 아니야. 백 사형의 검법이 훨씬 멋질걸?"

"그래도 해봐."

"화산파의 검법이 별거 아니라니? 하하, 너의 사부님이 들었다면 당장 머리통을 쥐어박았을 것이다."

하군악과 백풍산이 더욱 재촉했다.

"자, 내 검을 써."

위서향이 등에 지고 있던 보검을 건네주었다.

창—

그것을 뽑자 서늘한 한기가 훅 하고 끼쳐 왔다.

날이 시퍼렇게 살아 있고, 검신이 거울처럼 매끄러웠다.

보기 드문 보검임이 틀림없었다.

그것을 본 백풍산이 감탄성을 터뜨렸다.

"허— 이제 보니 위 사매는 정말 좋은 검을 지니고 있었군. 위 사숙께서 검정중원을 이룬 분이시니 당연히 보검을 물려주셨겠지. 부럽다."

위서향이 멋쩍게 웃었다.

"백 사형이 검도 좋은 검인데 뭘 그래요?"

"쳇, 사문의 보검은 사부님이 단단히 움켜쥐고 계신다. 나는 먼발치에서 구경만 해봤을 뿐이야. 이거? 이거는 저자의 병기점에서 열다섯 냥을 주고 산 그저 그런 쇠붙이다."

커다란 덩치에 어울리지 않게 볼을 부풀리고 툴툴거리는 모습이 귀엽기까지 했다.

그래서 위서향이 킥 하고 웃음을 터뜨렸고, 청향 비구니도 배시시 웃고 외면했다.

다들 운도에 의해 모습을 드러낸 위서향의 보검, 〈단봉장천검(單鳳長天劍)〉의 예리함에 감탄하지만 하군악은 그렇지 않았다.

그의 가문의 절기가 창법인만큼 검에는 별 관심이 없는 것이다.

"어서 해봐라. 화산파의 검법 절학이 어디가 어떻게 뛰어난지 궁금해 죽겠다."

말은 그렇게 하지만 '네까짓 녀석이 얼마나 대단한 검법을 배웠겠어?' 하는 비웃음이 역력했다.

운도가 입을 꾹 다물고 앞으로 나섰다.

기수식을 취하더니 이내 검을 뻗어 풍운검법의 첫 번째 초식인 일기승천을 펼치기 시작했다.

위서향은 물론 백풍산 등은 눈도 깜빡이지 않고 운도의 검법을 바라보았다.

검법의 초수가 더해갈수록 교묘함이 배가되었고, 기세가 웅장하면서 검기의 날카로움이 무서워져 갔다.

검과 하나가 된 운도의 움직임도 점차 빨라지고 급해져서 그의 보법과 신법, 검법을 제대로 알아보기 힘들어졌다.

마지막 초식인 제칠초 풍운적멸이 펼쳐지자 그것을 바라보던 백풍산이 눈살을 찌푸렸다.

위서향의 얼굴에도 곤혹스러워하는 기색이 어린다.

그들 두 사람은 검법의 종사라고 해야 마땅할 사부와 부친으로부터 어려서부터 검법을 배우고 익힌 사람들이었다.

운도가 펼치는 풍운검법을 살펴보는 눈길이 남다를 수밖에 없다.

마지막 초식이 끝났다.

운도가 검을 늘어뜨리고 숨을 고르는데 백풍산이 버럭 소리쳤다.

"이놈! 건방지기 짝이 없구나!"

"예?"

"화산의 검법을 보여달라고 했지, 언제 그런 아무짝에도 쓸모없는 검법을 보여달라고 했더냐? 감히 우리를 희롱하다니?"

운도가 억울하고 분하다는 듯 씩씩거리며 백풍산을 노려보았다.

"아무짝에도 쓸모없다니? 이 검법의 어디가 그렇단 말인가요? 그리고 전에 사문을 물어볼 때 내가 말했잖아요. 나는 화산파의 검법을 배운 적이 없다고. 내가 사부님에게서 배운 건 오직 이 검법 하나뿐인 걸 어쩌란 말입니까?"

"뭐라고? 이런 앙큼한 녀석 같으니!"

백풍산이 더욱 화를 내며 발을 굴렀고, 하군악은 매서운 눈길이 되어 운도를 노려보았다.

"너는 감히 네 사문을 부정하려는 것이냐? 화산의 무량자 이릉운 검선께서 어떻게 너 같은 녀석을 제자로 받아들여 가르치고 이곳에 보냈는지 정말 모를 일이다."

"내 사부님은 이릉운이 아니야!"

"이런 고약한 놈! 감히 사문을 부정하고 사부를 욕되게 하다니!"

운도가 바락 악을 쓰자 득달같이 달려든 하군악이 그의 뺨을 호되게 후려쳤다.

짝!

운도는 그 힘을 감당하지 못하고 비틀거리다가 엉덩방아를 찧고 주저앉았다.

하군악이 운도 앞에 버티고 서서 무섭게 꾸짖었다.

"아무리 나쁜 놈이라고 해도 사문을 부정하고 사부를 부정하지는 않는다. 그건 곧 제 부모를 부정하고 조상을 부정하는 패역무도한 자와 다를 게 없기 때문이다. 그런데 너는 십천의 한 곳인 풍사곡에 와서 감히 그러한 짓을 하고 있으니 하늘이 두렵지 않단 말이냐?"

그답지 않게 근엄하고 매섭게 꾸짖는 것이 과연 백도의 하늘 중 한 곳으로 여겨지는 하가보에서 엄한 교육을 받으며 자란 자다웠다.

생긴 것과 품성에 상관없이 옳고 그른 것에 대한 주관은 뚜

렷하게 박혀 있는 자인 것이다.

그러나 운도로서는 그마저도 억울하기 짝이 없는 책망이었다.

그가 벌떡 몸을 일으키더니 대들 듯이 악을 썼다.

"왜 다들 내 말을 믿지 않는 거야? 내가 화산파의 제자이고, 내 사부님이 이릉운이라고 말하면 속이 시원하겠어? 하지만 그거야말로 내 진짜 사부님을 속이는 악랄한 짓이잖아! 나는 거짓으로 내 사부님을 말하지 않아!"

"허—"

하군악이 기가 막힌다는 얼굴로 운도를 바라보고 다른 사람들을 돌아보았다.

모두의 얼굴이 심각해져 있었다.

늘 운도의 편을 들어주던 위서향마저 침묵한다.

백풍산이 성큼 나서서 짓누를 듯이 운도를 내려다보며 무겁게 말했다.

"그렇다면 너는 어째서 이곳에 와 있는 것이냐? 왜 위 곡주님이 너를 받아들였지? 네가 십천지주의 후보자 중 하나임이 틀림없다는 것은 위 곡주님이 너를 이곳에서 우리와 함께 연무하도록 허락하신 게 그 증거다. 십천지주의 후보자는 백도 십천의 직계제자 중 한 사람에게만 허락된 영광스런 것이다. 네가 십천의 일인인 무량자의 제자가 아니라면 어째서 그런 영광을 나누어 가질 수 있는 거지? 그 이유에 대해서 설명해 봐라."

운도로서는 백풍산이 요구하는 이유를 한마디도 설명해 줄 수 없었다. 자신도 모르는 일이 아니던가.

"의심할 것 없다."

그때 한 사람의 근엄한 음성이 들려왔다.

북무관 안으로 천천히 걸어 들어오고 있는 검진삼협 위진평이었다.

그를 본 사람들이 모두 굴신의 예를 갖추어 맞이했다. 최고의 존경을 내보이는 것이다.

그러나 운도는 뻣뻣이 서 있기만 했다.

위진평은 그런 운도를 나무라지 않았다. 장중한 모습으로 천천히 다가와 운도 곁에 서더니 모두에게 말했다.

"이 아이의 사부가 누구이든 그건 중요하지 않다. 단운도는 분명히 십천지주가 될 열 명의 후보자 중 한 명이다. 그 사실만을 받아들이도록 해라. 너희들이 정 의심한다면 내가 보증하지."

"예, 사숙. 명심하겠습니다!"

위진평의 말에 감히 누가 토를 달겠는가. 다들 다시 굴신의 예를 취하며 한목소리로 대답할 뿐이었다.

"오늘부터는 십천의 약속대로 내가 몸소 너희들에게 풍사곡의 절기를 전해줄 텐데 쓸데없는 일에 신경 쓰지 말고 오직 배우고 익히는 데에 전념을 다하도록 해라."

"예, 사숙!"

"다들 알고 있겠지만 나의 절기는 하나의 신공과 몇 초식의 검법이다."

그것이 건곤구류신공(乾坤九流神功)이고, 척사검법(斥邪劍法)이라는 것을 모르는 사람은 없었다.

그 두 가지의 절세적인 무공으로 위진평은 강호를 평정하고 백도십천의 한 사람으로 우뚝 선 것이다.

위진평의 말이 계속되었다.

"신공은 각자의 사문에서 이미 충분히 익혔을 것이다. 십천의 신공이라면 그 어느 것 하나 절세적이지 않은 게 없다. 그러니 따로 나의 신공을 배울 필요는 없다."

각자의 사문 신공만으로도 충분하다는 데에 누구도 이의를 제기하지 않았다.

제 사문의 신공절학에 대한 자부심이 하늘을 찌를 듯한 자들인 것이다.

"나의 척사검법을 배우기 위해서는 먼저 황룡장법을 대성해야 한다. 그것이 척사검법을 뒷받침해 주는 장법이기 때문이다. 그 안의 신법과 보법, 운신의 비결이야말로 척사검법을 위해 창안된 것이지."

운도는 비로소 위진평이 왜 저에게 황룡장법만을 가르쳐 주고 익히도록 했는지 이해했다.

위진평이 운도의 머리를 쓰다듬었다.

"너는 이미 황룡장법을 대성지경에 이르도록 익혔지?"

운도가 당황했다.

"아니, 저는 이제 겨우 초식을 능숙하게 익혔을 뿐입니다."

“다 알고 있느니라.”

위진평이 빙긋 웃었다.

그 모습이 영락없이 사랑스런 막내 제자를 대하는 것 같아서 모두는 어리둥절했다.

‘그토록 근엄한 위 사숙이 저 녀석을 저렇게 아껴주니 저 녀석이 십천지주의 후보 중 한 명이 틀림없구나. 그런데 저 녀석은 제 사문의 내력도 알지 못하고 있지 않으냐? 대체 어떤 사정이 있는 거지?

모두에게 그런 의문이 들었다.

운도 역시 당혹스럽기는 마찬가지였다.

‘내가 이미 황룡장법 속의 비결들을 스스로 깨우쳤다는 걸 대체 위 사숙이 어찌 안단 말인가? 그는 정말 앉아서 천 리 밖을 내다보는 신통력이라도 가지고 있는 것이냐?

그런 의문은 위진평에 대한 두려움과 함께 경각심을 더욱 높여주었다.

그날부터 본격적으로 황룡장법을 배우기 시작했다.

위진평이 손수 지도해 주는 방식은 매우 엄격해서 게으름을 부리거나 실수하는 걸 용납하지 않았다.

그건 운도라고 예외가 아니었다.

그는 비록 스스로 황룡장법에 대한 비결을 죄다 깨우쳤다고 자부했지만 막상 위진평으로부터 지도를 받게 되자 그게 아니라는 걸 알고 부끄러워졌다.

위진평이 지적해 주는 곳마다 자기로서는 미처 생각하지 못했던 심오한 비밀이 있었던 것이다.

위진평은 하나도 숨기지 않고 모두에게 자신의 절기를 전수했다.

그 공평함과 겉으로 보았을 때는 대수롭지 않게 여겨졌던 장법의 신묘함에 모두는 곧 푹 빠져들었다.

과연 이 시대의 절대자 중 한 명이구나 하는 감탄이 절로 나온다.

그로부터 며칠 후 운도는 다시 숙현으로 쾌도왕을 찾아갔다.

그에게 황룡장법을 보여주자 쾌도왕의 입이 함지박만 하게 벌어졌다.

"그동안 열심히 수련했구나. 좋아, 약속대로 오늘은 내가 실컷 먹여주지."

"필요없어. 고기라면 풍사곡에서도 질리게 먹고 있으니까."

"응? 그럼 뭘 해줄까?"

"아무것도 필요없어."

알 수 없다는 듯 쾌도왕이 고개를 갸웃거렸다.

운도가 그를 찾아온 건 마음의 위안을 얻기 위해서이지 뭘 바라서가 아닌 것이다.

운도는 그날 오후 늦게까지 눈코 뜰 새 없이 바쁜 쾌도왕을 위해 푸줏간 일을 도와주었다.

닷새에 한 번, 혹은 사흘에 한 번 꼴로 쾌도왕을 찾아가 그렇게 함께 시간을 보내고 돌아오는 것이 운도에게는 유일한 낙이었다. 또한 풍사곡에서의 숨 막히는 답답함을 풀 수 있는 소중한 시간이기도 했다.

말없이 외출하기 시작한 지 어느덧 한 달이 되어갈 무렵이었다.

그날도 운도는 쾌도왕과 함께 행복한 오후 시간을 보내고 저물녘에 풍사곡으로 돌아왔다.

그런데 그날은 의외의 일이 그를 기다리고 있었다.

화평각에 들어서자 을씨년스런 정청의 탁자에 한 사람이 앉아 기다리고 있었던 것이다.

풍사곡주 위진평이었다.

"요즘 어디를 그렇게 다니는 것이냐?"

무심한 눈길을 던지는 그의 면전에서 운도는 얼어붙고 말았다.

"사흘에 한 번, 닷새에 한 번 꼴로 외출을 한다고 들었다."

"죄송합니다. 답답해서 바람이라도 좀 쐬려고……."

"네가 어디를 돌아다니든, 무엇을 하든 내가 간섭할 일은 아니다. 하지만 수련을 게을리하는 건 용납할 수 없다."

"수련을 게을리한 적은 없습니다."

"그래?"

위진평이 심상치 않은 눈으로 운도를 빤히 바라보았다.

운도는 그 앞에서 감히 고개를 들고 서 있을 수가 없었다. 저절로 제 발끝을 바라보게 된다.

"나는 네 사부로부터 단단히 부탁을 받았다. 나와 함께 이곳에서 생활할 시간이 불과 일 년에 지나지 않지만 그동안은 내가 곧 너의 사부인 것이다."

"명심하고 있습니다."

"그렇다면 말해보아라. 대체 밖에 나가 무엇을 하고 다니는 거지?"

"송번성에서 우정을 나누었던 한 친구를 만났습니다. 그가 숙현으로 옮겨와 가게를 열었답니다. 그래서 그를 만나 한나절 놀고 돌아올 뿐, 다른 일은 아무것도 없습니다."

"송번성이라고? 그가 너를 찾아 이곳까지 온 것이란 말이냐?"

"그렇습니다. 그러니 제가 어찌 그에게 미안하고 고마운 마음을 갖지 않을 수 있겠습니까? 찾아가서 한나절 그의 일을 거들어주는 걸로 제 마음을 전하곤 합니다."

위진평이 고개를 끄덕였다.

"정을 잊지 않고 간직한다는 건 좋은 일이지. 하지만 그것 때문에 너의 본분을 망각하는 일이 있어서는 안 될 것이다."

"명심하겠습니다."

"너는 황룡장법을 이미 익숙하게 익혔으니 더 이상 수련할 필요 없다. 또한 백풍산과 하군악, 청향의 절기들마저 다 익혔겠지?"

"예?"

"내가 어떻게 그걸 알았는지 궁금하다는 얼굴이구나?"

"그건……."

운도의 낯이 붉어졌다.

빤히 바라보는 위진평의 눈길이 더욱 무서워진다.

"한번 해보거라."

"예?"

"나를 속일 생각은 하지 않는 게 좋다."

"……!"

운도는 가슴이 철렁하고 내려앉는 것 같았다.

제가 사부의 조언을 잊지 않고 재주를 반쯤 감춰오고 있었다는 걸 위진평이 다 아는 것 같았기 때문이다.

운도는 그렇다면 조금 더 드러내 보여주는 수밖에 없다고 생각했다.

위진평의 냉엄한 음성이 떨어졌다.

"우선 점창파의 사일검법부터."

백풍산이 연습하던 검법이고, 점창파의 절기 중 가장 널리 알려진 검법이다.

운도가 즉시 대걸레 자루를 집어들고 헝겊을 떼어냈다.

운도는 백풍산의 그 검법이 사일검법(斜日劍法)이라는 걸 이제야 알았다.

이름이 무엇이든 중요한 건 운도의 머릿속에 이미 백풍산의 검법이 각인되어 있다는 것이었다.

대걸레 자루를 검 삼아 허공의 한 점을 가리키는 자세가 위엄이 있었다.

기수식에 이어 십칠 초의 사일검법이 물 흐르듯이 펼쳐졌다.

각파의 검법마다 독특한 움직임이 있게 마련이다.

투로(套路)라고 하는 것인데, 그 동작들 중에는 까다롭고 흉내 내기 어려운 부분이 반드시 섞여 있었다.

그 문파의 수련법에 따라 신체 각 부위의 움직임과 신경의 반응이 능숙해지도록 단련해야 하고, 그것이 곧 비결에 연결되기도 한다.

그러므로 점창파에서 오랫동안 비전의 방법에 따라 수련하지 않는다면 그곳의 검법이나 권장법을 완벽하게 재연해 낼 수 없는 것이다.

그런데 운도의 움직임에는 한 점의 어색함도 없었다.

그는 마치 점창파의 제자로서 이곳에 온 것 같았다.

백풍산이 자랑스럽게 연습해 보였던 사일검법을 처음부터 끝까지 완벽하게 시연했다.

"하가보의 음양쌍극."

운도의 검법 시연이 끝나기가 무섭게 위진평이 냉엄하게 말했다.

그 즉시 운도는 나머지 반 토막의 대걸레 자루를 마저 들고 춤을 추듯 음양쌍극의 초식을 풀어놓기 시작했다.

역시 하군악의 그것과 조금도 다른 점이 없었다. 마치 하군악 본인이 시범을 보이는 것 같다.

"아미의 천수불장."

위진평은 숨 돌릴 틈도 주지 않았다.

그래서 운도는 생각할 새도 없이 대걸레 자루를 내던지고 즉시 두 손으로 천수불장을 펼쳐 보여야 했다.

온몸이 땀으로 흠뻑 젖었지만 숨결은 아직 평온했다.

위진평은 신광이 번쩍이는 눈으로 운도의 움직임을 바라보고 있었다.

사소한 것 하나도 놓치지 않고 관찰하는 것이 엄격한 사부가 제자의 성과를 시험하고 있는 것 같았다.

이리저리 뛰고 뒤채고 미끄러지는 운도의 움직임은 눈이 부실 정도였다.

머뭇거리는 곳 하나 없다.

장력을 내뻗을 때면 은은한 파공성이 들리고, 옷자락이 잔뜩 부풀어 올랐다.

그리고 고요해진다.

운도가 아미의 천수불장마저 완벽하게 마치고 나자 위진평이 '음—' 하고 침음성을 흘렸다.

"좋다. 너는 자질이 그 누구보다 뛰어나니 가능성이 있다."

"과찬이십니다."

"이곳에 온 자들은 하나같이 인중룡이라 하기에 부족함이 없는 자들이다. 그중에서도 네 자질이 특출하니 내 말은 조금도 과장이 아니다."

위진평에게서 그런 칭찬을 듣는다는 게 어떤 의미인지를 운도는 미처 알지 못하고 있었다.

“좋다. 내일부터는 네가 교두가 된다.”

“예?”

뜻밖의 말이라 운도가 깜짝 놀라 저도 모르게 위진평을 바라보았다.

“내일부터 너는 모두에게 너의 풍운검법을 가르쳐 주는 것이다.”

운도가 풀죽은 얼굴로 겨우 대답했다.

“그들에게 풍운검법을 보여주었지만 비웃음만 샀을 뿐입니다. 그런데 그들이 과연 배우려고 할까요?”

“비웃었다고?”

“아무짝에도 쓸모없는 검법이라고 하더군요.”

“누가 그랬단 말이냐?”

“백 사형의 말이었지만 다들 동의했습니다.”

“멍청한 것들.”

위진평이 눈살을 찌푸리고 혀를 찼다.

“그런데 정말 풍운검법이 쓸모없는 것입니까?”

“십천의 절기 중에 쓸모없는 건 하나도 없다.”

그래도 운도의 얼굴에는 불만의 기색이 떠나지 않았다. 그걸 본 위진평이 다시 말했다.

“네 사부가 고심하여 창안한 절세적인 검법이다. 그걸 두고 쓸모없다고 말하는 자는 자신의 안목이 그야말로 쓸모없다고 고백하는 꼴이지.”

백풍산에 대한 비난을 에둘러 말하는 격이었다.

　운도는 아마도 위진평과 점창파의 장문인이자 십천의 한 명인 낙일검객 이풍룡 간의 사이가 좋지 않은 모양이라고 짐작했다.

　"너는 네가 어떻게 그들의 절기를 그처럼 빠른 시간에, 아무도 가르쳐 주지 않았건만 그저 훔쳐보는 것만으로도 그토록 완벽하게 익힐 수 있었는지 그 이유를 아느냐?"

　"잘 모르겠습니다."

　"물론 너의 자질이 뛰어난 탓도 있다. 하지만 자질만으로는 안 되는 부분이 있게 마련이지. 절기일수록 그렇다."

　그 부분은 운도 역시 의아하게 여기고 있던 터라 귀를 기울였다.

　"전에도 말했지만 내가 황룡장법을 창안한 것은 척사검법을 익히기 위한 기초를 닦게 해주기 위해서였다. 그것을 익히지 않고서는 나의 검법을 제대로 배울 수가 없지. 바로 그런 이치다."

　"무슨 말씀이신지 잘……."

　"네 사부는 너에게 지난 십 년 동안 오직 풍운검법 하나만을 익히도록 했다지?"

　"그렇습니다."

　"그 결과 너는 그것을 대성했다."

　"그렇습니다."

　위진평이 이글거리는 눈으로 운도를 한동안 바라보았다.

　"너는 네 사부의 은혜를 잊지 말아야 할 것이다."

“그 말씀은…….”

“네 사부가 심혈을 기울여 풍운검법을 창안한 건 네가 세상의 온갖 무공을 쉽게 익힐 수 있도록 기초를 닦아주기 위한 것이었느니라.”

“아!”

운도의 머릿속이 비로소 환해졌다.

“나는 다만 척사검법을 위해서 황룡장을 만들었을 뿐인데 네 사부는 천하의 모든 무공을 염두에 두고 풍운검법을 만들었으니…….”

위진평이 깊이 탄식하고 나서 중얼거렸다.

“아― 그의 흉중에 들어 있는 뜻은 나보다 훨씬 깊고 컸구나. 그의 눈은 나보다 더 먼 곳을 바라보고, 그의 생각은 나를 앞질러 가고 있었어.”

운도의 머릿속에 사부 등 선생의 모습이 하나 가득 떠올랐다.

그가 화산파의 무량자 이릉운이라는 걸 생각하자 그리움과 미움이 동시에 떠올라 범벅이 되었다.

그런 제 마음을 저도 어떻게 할 수 없어서 답답하기만 하다.

“너는 내일부터 모두에게 풍운검법을 전수해라.”

위진평이 그렇게 말하고 일어섰다.

“과연 그들이 그중 얼마나 얻을 수 있을지는 각자의 타고난 자질에 달려 있겠지.”

＊　　　＊　　　＊

　"그래서? 네가 교두가 되어서 그들에게 너의 검법을 가르친다고?"

　"그렇다니까."

　"우허허허—"

　쾌도왕의 웃음에 주청의 지붕이 들썩거릴 지경이었다.

　주위의 사람들이 눈살을 찌푸리고 힐끔거리지만 쾌도왕은 신경 쓰지 않았다.

　"그래야지. 네가 언젠가는 그렇게 될 줄 알았다. 너는 우리 송번성의 자랑이야. 암, 그렇고말고."

　"쳇, 별것도 아닌 걸 가지고 호들갑 떨지 마. 그들은 모두 나보다 강한 사람들이야. 나 같은 건 상대도 안 돼."

　"그렇다면 그들이 왜 너의 검법을 배우냐?"

　"그거야……."

　"너의 검법이 그만큼 뛰어나고 네 솜씨가 그만큼 훌륭하기 때문 아니겠어? 우허허허—"

　"아, 시끄러워 죽겠네."

　"네 사부 늙은이가 보기에는 비리비리해 보여도 너를 아주 잘 가르쳐 주었나 보다. 다음에 만나면 한턱 내야겠는걸?"

　"쾌도왕이 왜?"

　"너를 잘 가르쳐 주었잖아."

　"그걸 왜 쾌도왕이 고마워하느냐고?"

"너는 내 친구이니까."

"내 친구……."

운도는 가슴이 찡해졌다.

한동안 물끄러미 쾌도왕을 바라보다가 물었다.

"정말 그렇게 생각해? 사람들이 모두 이상하게 여길 텐데? 어쩌면 쾌도왕을 바보라고 놀릴지도 몰라. 나에게는 버르장머리없는 놈이라고 욕을 하겠지."

"상관없어."

나이 차이만 놓고 보자면 부자간이라고 해도 어울릴 것 같은 두 사람이었다.

쾌도왕이 눈을 부라리고 주위를 둘러보았다.

그와 눈길이 마주친 사람들이 겁을 먹고 슬그머니 외면한다.

"나를 놀리는 건 상관없다. 하지만 어떤 놈이든 너에게 버르장머리없는 놈이라고 욕을 하면 내가 이 주먹으로 그냥!"

쾌도왕이 주먹을 불끈 쥐었다.

털이 숭숭 박혀 있는 팔뚝에 힘줄이 툭툭 불거지고 근육이 꿈틀거린다.

저 주먹에 한 대 맞으면 황소라고 해도 온전하지 못할 것 같았다.

"누구든지 너를 놀리거나 괴롭히는 놈이 있으면 나한테 말해."

"쳇, 쾌도왕은 무공도 모르잖아."

“그까짓 게 뭐 대수냐? 내 이 주먹이 있는데 말이다.”

“그것과 무공과는 비교할 수 없어. 쾌도왕은 아마 청향 사매도 이기지 못할걸?”

“뭐라고? 그건 또 뭐냐?”

“아미파의 소녀 비구니야.”

“우헤헤헤― 나는 여자하고는 안 싸운다. 특히 어린 계집애하고는 말이야. 상대하기도 싫어. 귀찮고 골치 아프다.”

“십천의 제자들은 모두 고수들이야. 겉모습은 연약해 보이지만 그들의 무공은 생각보다 깊지. 쾌도왕이 아무리 힘이 장사라고 해도 그들 중 누구도 당해낼 수 없어. 그러니까 괜히 힘자랑하고 다니지 마.”

“알 만해. 너를 못살게 구는 놈들이 바로 그 십천의 제자인지 지랄인지 하는 놈들인 모양이구나? 청향이라는 꼬마 계집애 중도 그렇고. 맞지?”

“응?”

운도는 제가 실수했다는 걸 깨달았다.

풍사곡의 일을 쾌도왕에게까지 말해줄 필요는 없는 것이다.

“그렇지 않아. 그들은 나와 함께 무공을 배우는 사형들인걸?”

“어쨌든 누가 널 괴롭히면 내가 가만 놔두지 않을 테니까 기죽지 말고 큰소리 뻥뻥 치면서 살란 말이야!”

쾌도왕의 그런 마음이 운도에게는 고맙고 기쁘기 짝이 없는 일이었다.

사부에 대한 원망 때문에 잃어버렸던 부정(父情)을 쾌도왕에게서 다시 느끼고 행복해지기도 했다.

그래서 그의 험상궂은 얼굴을 바라보는 운도의 두 눈 가득 따뜻한 정감과 깊은 신뢰의 빛이 일렁거렸다.

*　　　*　　　*

"나도 구경하고 싶어."

청향 비구니가 호기심 가득한 눈으로 운도를 바라보며 그렇게 말했다.

"나도 바깥 구경을 좀 하고 싶어. 답답해 죽겠어."

그럴 만도 했다.

그녀가 이곳에 온 지도 벌써 삼 개월이 다 되어가는데 그동안 한 번도 외출을 하지 못했던 것이다.

다른 사형들이야 잘 참고 있었지만, 아직 호기심이 왕성할 나이인 청향에게는 그게 괴로운 일이었다.

더구나 아미파의 비구니라는 신분 때문에 늘 언행에 신경을 쓰며 살아야 했으니 소녀의 감수성으로는 감당하기 힘든 일이기도 했다.

그래서 그녀는 유독 운도를 잘 따랐다.

이곳에서 유일하게 제 또래의 소년이기 때문에 편하기도 했지만, 무언가 비밀을 감추고 있는 듯한 운도의 우울한 분위기가 그녀의 호기심을 사정없이 잡아끌었던 것이다.

"다음에 풍사곡을 나갈 때는 나도 데리고 가."

"그러다가 곡주님께 혼나려고?"

"너는 안 혼나잖아. 그러니 너와 같이 외출하면 나도 혼내지 못하실걸? 나를 혼내려면 너도 같이 혼내야 하니까 말이야. 호호호—"

그동안 그녀는 운도와 많이 가까워져 있어서 이제 더 이상 사형이라고 호칭하지 않았다.

편하게 너라고 부르는데, 운도 역시 그게 좋았으므로 굳이 막지 않았다.

"뭐라고 하는 거냐?"

"곡주님이 너를 특별히 아껴준다는 거 다 알아. 그래서 무슨 짓을 해도 모르는 척 봐주는 거지. 안 그래?"

"쳇, 자기 멋대로 생각하고 믿어버리는 못된 비구니라니까."

운도는 청향의 그 말을 인정할 수 없었다. 하지만 그녀는 그렇지 않은 모양이었다.

"다들 알고 있어. 근엄하기 짝이 없는 곡주님이 당신의 직계 제자들보다도, 딸보다도 오히려 너를 더 아껴주고 있다는 걸 말이야."

"엉터리. 그런 일은 없어."

"그렇다면 왜 너에게만 그토록 관대하신 거지? 네 무공을 우리에게 배우라고 하시는 거지? 사실 우리 중 너의 무공이 제일 형편없잖아? 나한테도 안 될걸?"

"이게 정말?"

"흥, 인정할 건 인정해. 그래야 사내대장부지."

운도가 눈을 부라리자 청향 비구니가 입을 삐죽이며 흘겨보았다.

운도는 그녀의 말이 옳다고 생각했다.

이곳에서 자신보다 약한 자는 아무도 없는 것이다.

곡 내의 궂은일을 하고 있는 몇 명의 하인들도 운도보다 훨씬 강한 고수들이었다.

강호에 나가면 일류고수들을 우습게 여길 것이다.

그 생각을 하자 운도는 그만 풀이 죽고 말았다.

'이래 가지고 언제 십천의 무공을 대성해서 세상을 오시하는 고수가 된단 말이냐. 또 내가 그렇게 되는 동안 다른 사람들은 더 높아져 있을 것 아니냐. 그러니 나는 영영 그들의 하수로 머물 수밖에 없는 것 아닐까?

백풍산이나 하군악, 대사형 이귀율은 물론 위서향과 청향 비구니까지.

저로서는 감히 쳐다볼 수도 없는 고수들이었다.

그들이 그렇게 사문의 절기를 배워 고수가 되는 동안 저는 고작 풍운검법 하나를 죽어라고 배웠을 뿐이니 억울하다는 생각도 들었다.

사부가 화산파의 검선으로 불리는 이릉운이라면 나에게 왜 화산파의 절기들을 가르쳐 주지 않았단 말인가 하는 엉뚱한 원망도 생겼다.

그랬더라면 지금쯤은 나도 고수가 되어서 그들과 어깨를 나란히 할 수 있을 것 아니겠는가 하는 생각을 떨쳐 버릴 수 없었던 것이다.

운도가 풀이 죽어 제 상념에 잠겨 있는데 청향 비구니가 그의 옷소매를 흔들었다.

"내 입을 막아야 할 일이 하나 있지? 그렇지?"

"……."

"다음에 외출할 때 나를 데리고 가. 그래서 그 쾌도왕이라는 사람의 솜씨를 구경할 수 있게 해줘. 그러면 그때의 일을 아무에게도 말하지 않겠어."

운도가 울상을 지었다.

하지만 청향 비구니가 아직까지 그때의 일을 함구해 주었다는 것만으로도 감사해야 한다.

"너는 불도를 닦는 비구니잖아. 푸줏간 구경이 끔찍하기만 할 텐데?"

"상관없어. 불법으로 중생을 제도하려면 먼저 세상을 알아야 하는 거라고 사부님이 그러셨거든. 세상을 모르는 불법은 땅속에 묻혀 있는 보물이나 마찬가지라고 하셨어. 그게 아무리 귀한 것이라도 있으나 마나 한 거지."

第十一章
백풍산(白風山)의 충고

마룡의
후예

“어머, 어머, 어머!”

청향의 감탄성은 그칠 줄을 몰랐다.

운도 또한 눈이 휘둥그레진 건 마찬가지였다.

오늘따라 쾌도왕의 칼놀림에는 신명이 붙어 있는 것 같았다.

뼈를 따라 가늘고 작은 칼을 휘저어 살점을 발라내는데, 그렇게 살을 빼앗긴 뼈는 하얗게 반짝였다. 조금의 살점도 붙어 있지 않았던 것이다.

등이 두텁고 끝이 뭉툭한 커다란 절삭도를 내려쳐 그 단단한 뼈를 단번에 자르고 토막 쳐낼 때는 허공에 붕붕 하는 바람소리가 가득할 만큼 힘찼다.

　그것을 놓고 세곡도를 바꿔 쥐는 손놀림이 어찌나 재빠른지 육안으로는 세세히 살펴볼 수 없을 지경이었다.

　그것으로 굽어진 뼈 안쪽 깊숙한 곳까지 휘저어 조그만 살점까지도 남기지 않고 낱낱이 발라낸다.

　"어머, 저것 좀 봐. 저건 신기야."

　청향이 흥분해서 제가 운도의 손을 잡고 있다는 것마저 잊은 채 발을 동동 구르며 감탄했다.

　쾌도왕이 오늘 그처럼 신이 난 건 바로 운도가 청향을 데리고 왔기 때문이었다.

　운도가 그녀를 소개시켜 주자마자 쾌도왕이 헤벌쭉 웃으며 커다랗게 말했다.

　"어라? 예쁜 꼬마 여자 중 아가씨네? 둘이 아주 잘 어울린다. 함께 살아라."

　"말도 안 되는 소리!"

　운도가 발끈해서 소리쳤고, 청향은 얼굴을 붉히고 고개를 푹 숙였다.

　"어서 보여주기나 해!"

　"뭘?"

　운도가 여전히 화가 잔뜩 나서 소리쳤다.

　"칼솜씨 말이야! 청향은 그걸 보려고 여기 왔다고! 다른 뜻이 있는 게 아니니까 헛소리하지 마! 또 그런 쓸데없는 소리 하면 다시는 안 올 거야!"

　"히히, 칼솜씨야 내가 있는 한 어디로 달아나는 게 아니지.

언제든 함께 와라, 아낌없이 보여줄 테니까.”

그러더니 다지고 있던 돼지고기를 한구석으로 던져 버리고 안에서 갈빗살이 가득 붙어 있는 소의 몸통 한 부분을 가져왔던 것이다.

어른 몸무게만큼은 나갈 그것을 한 손으로 다룬다.

그것을 본 청향이 눈살을 찌푸리고 외면하며 아미타불을 중얼거렸다.

그녀에게는 처음 보는 끔찍하고 징그러운 물건이었던 것이다.

그러거나 말거나 쾌도왕이 그 즉시 살과 뼈를 발라내고 잘라내는 솜씨를 보이기 시작했는데, 여느 때보다 더 재빠르고 힘이 있었다.

그때부터 청향은 저것이 한 생명의 끔찍하고 불쾌한 주검이라는 걸 잊었다.

홀린 듯이 쾌도왕의 칼솜씨에 넋을 잃고 감탄성만 터뜨릴 뿐이었다.

탕!

쾌도왕이 쥐고 있던 칼을 던져 도마에 꽂고 피와 기름이 찌든 옷소매로 이마의 땀을 닦았다.

“히히, 어때? 예쁘고 조그만 계집애 중 아가씨야, 내 솜씨가 볼 만하지?”

청향이 넋이 나간 얼굴로 쾌도왕을 바라보았다.

그녀에게는 하나의 충격이었다.

여태까지 이처럼 재빠른 칼솜씨를 본 적이 없었던 것이라 그렇다.

아니, 푸줏간이라는 곳조차 처음 구경하는 그녀였다.

푸줏간의 풍경 자체가 충격적이었는데, 거기에 쾌도왕의 그 믿을 수 없는 솜씨를 보고 나서는 넋이 빠질 지경이 되었다.

"너는 왜 그에게서 배우지 않지?"

"뭘?"

"그 기막힌 칼솜씨 말이야."

"뭐라고?"

"이 세상 어디에도 그만한 사람이 없을 거야. 그러니 그에게서 배운다면 좋지 않겠어?"

"아니, 너는 지금 나에게 장차 푸줏간 일이나 하면서 살라고 말하는 거냐?"

"그게 어때서? 어디에서 무얼 하든 최고의 솜씨를 지닌다면 그만한 보람이 어디 있겠어?"

"쳇, 그러면 네가 배워서 푸줏간 일을 해라."

"나는 그럴 수 없잖아. 내가 비구니라는 걸 몰라서 그래?"

청향의 얼굴에 우울한 기색이 실렸다.

'뭐야? 이제 보니 진심이었잖아?'

청향이 고개를 푹 숙인 채 중얼거렸다.

"그의 칼솜씨는 아마 우리 사부님도 따라가지 못할 거야. 틀림없어."

“대체 무엇을 보았기에……”

운도는 알 수가 없었다.

자신은 그동안 쾌도왕의 솜씨를 셀 수도 없이 보아왔다.

그래서 느낌이 둔해진 건가 하는 의문도 든다.

청향이 걸음을 멈추고 운도의 손을 잡더니 열기를 담은 눈길로 그를 빤히 바라보았다.

운도가 주위를 두리번거렸다.

아무도 없는 산길이지만 그래도 보는 사람이 있을까 봐 두려웠던 것이다.

그러나 청향은 개의치 않았다. 그녀가 운도의 손을 흔들며 말했다.

“쾌도왕의 솜씨는 정말 놀라워. 강호에서 도법으로 이름을 날리는 절정고수들이 많지만 그들 중 누구도 쾌도왕처럼 신속하고 깨끗한 칼솜씨를 보일 수 있는 사람은 없을 거야.”

“쳇, 그걸 네가 어찌 알아?”

“보고 들은 거라면 너보다 내가 더 많을걸? 내가 아는 도법의 고수들만 해도 여러 명이니까.”

“그래도 쾌도왕의 솜씨는 그저 푸줏간 일을 하는 데에 쓸모가 있을 뿐이야. 그걸로 강호의 고수와 싸울 수 있겠어?”

“네가 배우면 달라질 거야.”

“어떻게?”

“그건 나도 잘 몰라. 하지만 장담할 수 있어.”

그녀가 더 이상 그럴 수 없을 만큼 진지하게 말했으므로 운도는 심각하게 생각하지 않을 수 없었다.

'나는 여태까지 한 번도 쾌도왕에게서 그의 칼솜씨를 배우겠다는 생각을 해본 적이 없다. 하지만 그것을 배워서 응용할 수 있다면 좋지 않겠는가?

제가 청향의 손을 잡고 있다는 것도 모른 채 묵묵히 걸으면서 운도는 저만의 깊은 생각에 빠졌다.

자신의 풍운검법과 쾌도왕의 칼솜씨를 떠올리면서 하나씩 비교해 보는 것이다.

그러자 놀랍게도 하나의 그림이, 동선이 머릿속에 그려지기 시작했다.

'제오초 풍우세간은 빠르고 정확한 검격을 필요로 하는 초식이다. 쾌의 비결 속에 찌르고 찍으며 깎아가는 수법이 두루 담겨 있지. 쾌도왕의 가늘고 작은 삭도에 실려 있던 정교함과 맹렬함이 그것과 섞일 수 있겠구나.'

가슴이 쿵쾅거리고 뛰었다.

'백 사형의 사일검법 중 마지막 십칠초는 강렬함이 극대화된 중에 그 무엇으로도 막을 수 없는 재빠른 기세가 실려 있다. 쾌도왕의 무거운 절삭도가 보였던 힘과 맹렬함을 그것에 더한다면 위력이 배가될 것 같구나.'

운도의 머릿속에는 더욱 많은 그림이 그려지기 시작했고, 그의 생각은 온통 그것에 사로잡혀 다른 걸 잊어갔다.

'하군악의 음양쌍극을 짧고 예리한 두 자루의 칼로 대신할 수도 있을 것 같다. 한 손으로는 쾌도왕의 정교하기 짝이 없는 세곡도를 대신하고 다른 손으로는 재빠르고 힘찬 절삭도를 대신한다면 그 정교함과 날카로움이 서로 조화를 이루어 음양쌍극의 초식들을 아주 무시무시한 것으로 변화시켜 줄 수 있겠어.'

운도가 그렇게 저만의 생각에 빠져서 무아지경을 헤매고 있을 때, 청향 비구니도 그와 같았다.

그녀는 무슨 생각을 하는 건지 고개를 푹 숙인 채 골몰해 있느라고 아직까지 운도의 손을 꼭 잡고 있다는 것마저 잊었다.

그렇게 운도와 청향은 각자의 생각으로 눈이 먼 것과 다름없이 되어 풍사곡으로 향하는 골짜기를 천천히 걸어 올라가고 있었다.

"너희들!"

저 앞에서 날카로운 외침 소리가 들려오지 않았다면 그들은 풍사곡에 도착할 때까지도 손을 꼭 잡고 있었을 것이다.

"아, 위 사저!"

"위 언니!"

커다란 단풍나무가 박혀 있는 굽잇길에 막 나타난 사람은 위서향이었다.

운도와 청향이 함께 나가서 늦도록 돌아오지 않으므로 찾아 나선 길인데, 그들과 마주쳤던 것이다.

그녀가 단풍나무처럼 온몸을 굳힌 채 우뚝 서서 운도와 청향을 가리켰다.

"너희들……."

손가락 끝이 가늘게 떨리고 있었다.

"왜? 왜 그러는 거야?"

운도가 어리둥절해서 물었다.

"그 손 놓지 못해!"

"아!"

운도와 청향이 동시에 놀란 소리를 터뜨렸다.

비로소 저희들이 손을 꼭 잡고 있다는 것을 깨달은 것이다.

청향이 운도의 손을 뿌리치고 몇 걸음 재빨리 떨어졌다.

두 볼이 단풍잎보다 더 붉어진 채 어쩔 줄을 모른다.

운도 역시 그랬다.

"위 사저, 이건, 이건… 모르고 있었어. 정말이야."

"흥! 어린것들이… 벌써……."

차마 다음 말을 하지 못하는 위서향 또한 얼굴이 빨갛게 달아올라 있었다.

부끄러움 때문이 아니었다.

운도를 매섭게 흘겨본 그녀가 획 돌아서더니 뒤도 돌아보지 않고 달려갔다.

"우리, 이 일은 누구에게도 말하지 않기로 해. 알았지? 절대 아무에게도 말하면 안 돼?"

청향이 발을 동동 구르며 말했다.

그건 운도 또한 바라고 있는 바였다. 만약 곡주의 귀에라도 들어가게 되면 어찌 감당할 것인가.

"그렇게 하자. 절대 이 일을 입 밖에 내지 말자."

"약속이야. 우리가 함께 숙현에 내려갔다는 것조차 말하면
안 돼."

거듭 다짐을 받는 청향의 얼굴이 새파랗게 질려 있었다.

만약 이상한 소문이라도 생겨 퍼져 나간다면 뒷감당을 할
수 없는 건 운도나 그녀가 다를 바 없었다.

아니, 아미파의 비구니라는 신분을 가지고 있는 청향에게
더 크고 심각한 일이 될 것이다.

잠시 생각하던 청향이 울 듯이 말했다.

"그런데 위 언니가 이미 보았으니 어쩌면 좋지? 그녀가 말
하지 않을까?"

"말하지 않을 거야."

운도가 단호하게 말했으므로 청향은 어리둥절해졌다.

"왜?"

"그냥 알아. 위 사저는 말하지 않을 거야."

운도는 그게 그녀의 자존심 때문이라는 걸 알고 있었다.

그의 짐작처럼 위서향은 아무에게도 제가 본 것을 말하지
않았고, 그래서 풍사곡에 있는 사람들은 운도와 청향이 함께
숙현에 내려갔었다는 걸 알지 못했다.

그건 운도와 청향만의 비밀이 되었는데, 그 뒤로 청향은 다
시는 운도와 함께 외출할 생각을 하지 않았다.

아니, 아예 풍사곡 밖으로는 한 걸음도 나가려 하지 않았다.

운도는 북무관에서 어제와 다름없이 모두에게 자신의 풍운

검법을 가르쳐 주었다.

초식을 시범 보이고 따라 하는 자들을 관찰하면서 부족한 부분을 설명하고 바로잡아 주었지만 제대로 배우려는 자가 없었다.

위서향은 그날 이후 의식적으로 운도를 멀리했으므로 그가 가르쳐 주는 검법을 제대로 배울 리가 없었다.

청향은 아직도 남아 있는 마음의 근심 때문에 정신이 산만하고 위서향의 눈치만 보느라 역시 제대로 배울 수가 없었다.

백풍산이나 하군악은 처음부터 운도의 풍운검법을 우습게 여겼기에 적극적으로 배우지 않았는데, 하군악이 더했다.

그는 운도를 멸시하고 있었으므로 그의 검법을 배운다는 것 자체가 불만일 뿐이었던 것이다.

곡주인 위진평의 근엄한 명령이 없었더라면 아예 풍운검법을 쳐다보지도 않았을 것이다.

배우는 자들에게 열성이 없으니 가르치는 자도 맥이 빠지는 게 당연한 일이다.

그래서 운도 또한 건성으로 그저 가르치는 시늉만 했다.

위진평은 운도의 검법을 통해 그들이 모두 운도처럼 되기를 바랐지만 이와 같은 결과가 되리라고는 미처 생각하지 못하고 있었다.

＊　　　＊　　　＊

다음날 운도는 오전에 그들에게 대충 풍운검법을 가르쳐 주고 나서 바로 풍사곡을 나와 숙현으로 내려갔다.

쾌도왕을 찾아가는 것이다.

그리고 그에게 고기를 자르고 저미는 칼솜씨를 가르쳐 달라고 했다.

처음에 쾌도왕은 그런 운도의 행동에 어리둥절해했지만 곧 입이 찢어지도록 좋아했다.

운도와 오후 한나절을 보낼 수 있게 되었다는 것이 그에게는 그 무엇과도 바꿀 수 없는 행복이었던 것이다.

며칠이 지났지만 풍사곡의 누구도 그런 운도를 나무라지 않았다.

곡주인 위진평도 아무런 말이 없었다.

그가 운도의 일을 알고 있는지 그렇지 않은지 누구도 알 수가 없다.

"내 칼솜씨를 배우겠다면서?"

"응."

"고기도 썰지 않으면서? 눈으로만 배우려고?"

쾌도왕의 못마땅하다는 듯 하는 말에 운도가 머리를 설레설레 흔들었다.

"못하겠어."

"어째서? 그럼 뭐 하러 여기 있는 거냐? 청소나 하려고?"

"……"

운도는 차마 쾌도왕이 하는 것처럼 소를 해체하고 돼지를 토막 치는 일을 할 수가 없었다.

끔찍했던 것이다.

쾌도왕이 하는 걸 보고 있을 때는 괜찮았는데 막상 제가 칼을 쥐고 그렇게 하려고 하자 징그러운 생각이 먼저 들어 절로 외면하게 되었다.

죽어 있는 것의 차갑고 미끈거리는 몸뚱이를 한번 만져 보고는 기겁을 하더니 그다음부터는 좀체 칼을 잡으려고 하지 않았다.

"이건 그냥 고기야. 너도 잘 먹잖아?"

"그래도 왠지……."

"어허, 조금 있으면 장가들게 생긴 사내 녀석이 그렇게 심약해서 어쩌냐? 첫날밤에 색시 옷이나 벗길 수 있겠어?"

운도가 눈을 흘기자 쾌도왕이 히히 웃었다.

"어쨌든 내 칼솜씨를 배우겠다고 온 것 아니냐?"

"그렇긴 하지만……."

"구경만 하고 있어서야 어디 제대로 배울 수 있겠어? 내가 아무리 입 아프게 설명해 줘도 칼 한 번 잡지 못한 몸으로는 소용없지."

마지못해 운도가 절삭도를 집어들었다.

묵직한 느낌이 손 안에 꽉 찬다. 절로 가슴이 뛰었다.

"눈 딱 감고 해봐. 처음이 꺼림칙하지 몇 번 하다 보면 아무 생각도 안 날 거다."

"에잇!"

그 말에 용기를 낸 운도가 정말로 눈을 딱 감은 채 절삭도를 힘차게 내려쳤다.

쾅!

도마 위에 놓였던 단단한 소뼈가 잘라진 건 물론 칼날도 도마 속에 깊숙이 박혀 버렸다.

"쯧쯧쯧……."

쾌도왕이 혀를 차며 한심하다는 얼굴로 바라보았다.

"아예 도마까지 토막을 내버리지 그랬냐?"

"처음이라 그래……."

"이놈아, 무슨 일을 하던 힘을 조절하는 게 중요한 거다. 그걸 못하면 아무리 무공이 높고 힘이 세도 다 소용없어."

"……."

"백정 짓은 아무나 하는 건 줄 아냐? 아낙이 주방에서 고기를 써는 것과 여기서 하는 것과 똑같을 것 같아?"

"처음이라 그렇다니까."

"어디, 그럼 다시 해봐라."

쾌도왕이 다시 살점이 잔뜩 붙어 있는 고기 토막을 올려놓았다.

"해봐. 도마에 흠집을 내서는 안 된다. 그것도 제대로 못한다면 백정 짓 할 생각을 말아야지."

"할 수 있어."

운도가 칼을 쥐고 도마 위에 놓여 있는 큼직한 고기 덩어리를 노려보았다.

살점 속에 파묻혀 있는 뼈가 보일 리 없다.

"살을 가르고 뼈를 쪼개는데 여러 번 칼질을 하면 고기 맛이 형편없어지는 거다. 단번에 해야 해."

"에잇!"

퍽! 하는 소리와 함께 뼈가 튕겨져 나갔다.

이번에는 힘을 너무 적게 쓴 것이다. 그리고 두툼하게 붙어 있는 살점들을 간과했다.

그것이 보기보다 탄력이 있어서 파고든 칼날의 힘과 예리함을 많은 부분 흡수해 버렸던 것이다.

"쯧쯧……."

쾌도왕이 혀를 차며 운도의 손에서 절삭도를 빼앗았다.

"너처럼 그냥 내려치는 건 아무나 할 수 있다. 힘을 조절할 수 있어야 하는데, 그러기 위해서는 상대를 먼저 파악해야 하는 거야. 잘 봐."

퍽!

가볍게 내려친 쾌도왕의 칼에 살과 고기는 보기 좋게 두 토막이 났다.

도마에는 칼자국 하나 남지 않았다.

"육질에 따라서, 또 얼마나 지났느냐에 따라서, 부위에 따라서 탄력이 다르다. 그걸 알아볼 수 있는 안목이 먼저야. 안 되겠다. 너는 우선 고기에 대해서 알아야 할 필요가 있겠어."

운도가 멍하니 쾌도왕을 바라보았다.

'바보가 아니잖아?'

그런 의문이 들었던 것이다.

칼질의 요령에 대해서 설명하는 쾌도왕의 어디에도 바보 같은 구석은 없었다.

오히려 지극히 심오한 무엇인가를 말해주는 사람 같지 않은가.

그날부터 며칠 동안 운도는 오직 고기를 나르고 쾌도왕이 잘라준 것의 결과 탄력을 살펴보는 데에 시간을 보냈다.

그러는 동안 운도의 몸에도 고기 특유의 비린내가 배었고, 손과 옷자락은 기름 범벅이 되어갔다.

그러던 어느 날 뜻밖의 사람들이 불쑥 찾아왔다.

"너는 이제 푸줏간의 점원이 되기로 작정한 것이냐?"

백풍산이 눈을 부라리며 말했고, 그 곁에서 하군악은 비웃음을 흘렸다.

"일찌감치 포기할 줄 아는 것도 현명한 일이지, 뭐. 지금부터 푸줏간 일을 열심히 배워둔다면 굶어 죽을 걸 염려하지는 않아도 되잖겠어?"

운도가 당황한 눈길을 어디에 둘지 모르고 쩔쩔맸다.

그들이 이렇게 갑자기 찾아올 줄은 꿈에도 몰랐던 것이다.

청향 비구니가 말해주었음이 틀림없다.

그들뿐이라면 무시할 수도 있었을 것이다.

문제는 저쪽에 외면하고 서 있는 위서향이었다.

'위 누이까지 오다니……'

운도에게 그녀는 가슴을 아프게 하는 유일한 사람이었다.

　비록 겉으로는 데면데면하게 굴었어도 속마음에는 여전히 그녀에 대한 갈망이 가득했던 것이다.

　욕망이나 소유욕이 아니었다. 운도는 아직 그런 것을 잘 알지도 못한다.

　그녀에 대한 애틋함은 모성에 대한 본능적인 그리움이면서 채워지지 않는 갈증 같은 것이었다.

　그들이 이렇게 찾아올 줄 몰랐으므로 운도는 물론 쾌도왕마저도 당황해서 허둥거렸다.

　"해봐라."

　하군악이 그런 쾌도왕에게 거만하게 말했다.

　눈짓으로 도마 위의 칼을 가리킨다.

　"정말 쾌도왕인지 내 눈으로 봐야겠다. 만약 허풍으로 사람들을 속인 거라면 저 간판을 박살 내버리겠어."

　백풍산의 근엄한 기세와 하군악의 협박에 기가 죽었는지 쾌도왕이 우물쭈물하며 운도의 눈치를 보았다.

　그 커다란 몸집과 우악스럽게 생긴 외모가 아까울 정도로 초라해 보인다.

　운도는 쾌도왕의 그런 모습을 보는 게 싫었다.

　제 입으로 약속을 했건만 그걸 지키지 못하고 나불거린 청향에 대한 미움도 커졌다.

　"보여줘! 그래서 사형들이 다시는 쾌도왕을 무시하지 못하게 해줘!"

　운도가 소리치자 쾌도왕이 마지못한 듯 도마 앞으로 나섰다.

씩씩거리며 안쪽으로 달려들어 갔던 운도가 이내 커다란 갈비짝을 들고 돌아왔다.

쾌도왕이 칼을 잡는다는 소문이 삽시간에 주변에 퍼져 나갔고, 이내 구경하려는 사람들이 모여들어 문전성시를 이루었다.

먼저 고기를 주문하느라고 서로 밀치고 당기며 아우성을 쳐댄다.

"시끄럽다!"

그들에게 백풍산이 버럭 소리쳤다.

그의 위용과, 그가 풍사곡에서 나온 무사라는 걸 안 사람들이 겁을 먹고 물러섰다.

"고기는 천천히 사도 돼. 그러니 소란스럽게 굴지 말고 물러서 있으시오."

하지만 사람들은 흩어지지 않았다.

이 좋은 구경거리를 놓칠 수 없다는 듯 백풍산과 하군악의 뒤쪽에 늘어서서 고개를 길게 빼고 기웃거리며 웅성거렸다.

쾌도왕이 칼질하는 걸 본 지가 벌써 며칠 전인 것이다.

쾌도왕의 눈에 갈등의 기색이 어렸다.

그러나 그가 무엇을 생각하고 있는 건지 짐작할 수가 없었다. 고개를 푹 숙인 채 도마 위에 놓인 갈비짝만 바라보고 있었기 때문이다.

한참 만에야 그가 고개를 들고 백풍산과 하군악을 바라보며 바보처럼 웃었다.

"히히, 내 솜씨를 보여주면 운도를 혼내지 않을 겁니까? 그걸 약속하면 보여드립죠."

백풍산은 입을 꾹 다문 채 뚫어지게 쾌도왕을 바라보았고, 하군악이 나서서 잔뜩 비웃음을 흘리며 이죽거렸다.

"그거야 네 솜씨가 과연 백 사형과 내 마음을 얼마나 흡족하게 해주느냐에 달려 있지. 형편없다면 운도 저 녀석뿐만 아니라 너도 가만 놔두지 않을 테다."

쾌도왕이 고개를 갸웃거렸다.

"대체 어느 정도라야 만족시켜 줄 수 있는 겁니까요?"

그 말에 하군악이 눈살을 찌푸리고 무언가 말하려는데 백풍산이 앞으로 성큼 나섰다.

그는 쾌도왕의 얼굴과 그의 손을 유심히 바라보기만 했는데, 무엇을 생각하고 있는지 모를 일이었다.

"이렇게 해봐."

무감정하게 말한 백풍산이 어느새 검을 뽑아 들었다.

눈앞에 번쩍하고 검광이 빛난 것 같았는데, 도마 위에 있던 소의 갈빗대 한 짝이 매끈하게 떨어졌다.

던져진 것처럼 허공으로 떠오른다.

"앗!"

사람들이 놀란 외침을 터뜨렸다.

백풍산의 검이 현란한 빛을 뿌리며 허공을 휘젓자 고기 조각이 사방으로 비산했다.

갈빗대는 살아서 춤을 추는 것 같았다.

번쩍이는 칼 빛 속에서 어지럽게 맴돌기만 할 뿐 결코 땅으로 떨어지지 않는다.

그렇게 잠시의 시간이 흐르는 동안 그것은 어느덧 하얀 뼈만 남았다. 그리고 그것마저 툭툭 잘라져 수십 토막으로 변해 갔다.

우두두두—

백풍산이 검을 거두자 그것들이 비로소 그의 발아래 우수수 떨어졌다.

일정한 크기의 수십 토막으로 변해 버린 갈빗대에는 단 한 조각의 살점도 붙어 있지 않았다.

손도 대지 않고 그렇게 해버린 백풍산의 검술은 신기(神技)라고 해도 과하지 않을 만큼 놀라운 것이었다.

사람들이 입을 딱 벌린 채 백풍산을 바라보고 그의 발아래 흩어져 있는 갈비 토막을 바라보았다.

운도 역시 놀라서 벌어진 입을 다물지 못했다.

멍하니 백풍산을 바라보는 얼굴 가득 경악의 기색이 일렁였다.

그는 백풍산의 검법이 설마 이런 경지에까지 올라 있으리라고는 생각하지 못하고 있었던 것이다.

저 또한 점창파의 사일검법을 알고 있지만 그것의 투로 속에 이처럼 절묘하고 쾌속한 비기(秘技)가 감추어져 있으리라고는 짐작도 하지 못했다.

'어떻게 응용하느냐에 따라 이렇게 달라질 수 있는 것이로

구나!'

머릿속에 한 가지 깨우침이 번갯불처럼 번쩍이며 스쳐 지나갔다.

투로를 환히 알고 그대로 해보일 수 있다는 것과, 그것을 이처럼 자유자재로 응용할 수 있다는 것 사이에는 하늘과 땅만큼이나 큰 차이가 있다는 걸 절실히 느낀 것이다.

'실전에서라면 백 사형의 검은 지금보다 더 큰 위력을 발휘할 수 있겠지.'

그런 생각과 함께 백풍산에 대하여, 점창파의 검법에 대하여 경외하는 마음마저 들었다.

쾌도왕 또한 찢어질 듯이 두 눈을 부릅뜬 채 입을 딱 벌리고 있었다.

물러서 있는 백풍산을 보고 땅에 떨어져 있는 갈비 토막과 어지럽게 흩어진 고깃점들을 번갈아 바라보는 눈 속 깊은 곳에서 작은 불씨가 이글거렸다.

"당신, 당신은 정말 무섭구려!"

그러나 이내 눈빛을 죽이고 고개를 설레설레 내두른 쾌도왕이 한숨을 쉬었다.

"나는 죽었다 깨어나도 당신처럼 그렇게 해보일 수 없소. 내가 당신 같은 요술쟁이도 아닌데 어떻게 갈빗대를 허공에 띄워놓고 살을 발라낼 수 있겠소? 나는 못하오. 그러니 간판을 떼어가든 박살 내든 마음대로 하시오. 여기서는 더 이상 푸줏간 일을 하지 않겠소."

"아니, 그럴 필요 없어."

백풍산이 냉엄하게 말했다.

"흉내만 내보이면 돼. 그러면 인정해 주겠다."

운도의 얼굴이 심각해졌다.

'백 사형은 나에게 보여주려던 것이었구나. 똑똑히 잘 보라고, 고기를 써는 칼질과 제대로 된 검법이 어떻게 다른 건지 네 눈으로 직접 보라고 꾸짖은 거야.'

그는 운도가 이런 곳에서 시간을 낭비하고 있는 걸 안타까워하고 못마땅해하는 것이다.

운도는 백풍산의 그런 묵직한 마음에 감동하면서도 쾌도왕을 떠나고 싶지 않았다.

"보여줘."

운도의 말에 쾌도왕이 머뭇거리더니 마지못한 듯 도마 위의 칼을 잡았다.

그것을 들어 올리기 전까지 머릿속에서 수많은 생각이 오갔지만 시커멓고 무뚝뚝한 험상궂은 얼굴에서 그게 어떤 것인지 짐작해 낼 수 있는 사람은 없었다.

쾌도왕이 택한 칼은 중간 크기의 절삭도였다.

퍽!

그것이 둔탁한 소리를 내며 도마 위에 놓인 갈빗대에 떨어졌다.

그리고 이어지는 그만의 눈부신 칼솜씨.

갈빗대에서 떨어져 나가는 살점들이 한쪽에 수북하게 쌓이고 이내 허연 뼈가 드러났다.

쾅쾅쾅!

쾌도왕이 그것을 내려치기 시작했다.

절삭도가 떨어질 때마다 하얗게 변한 갈빗대가 토막 났다.

그 단단한 것을 쾌도왕은 무겁고 둔해 보이는 절삭도를 휘둘러 떡 썰어내듯 하고 있었던 것이다.

몇 번의 칼질이 끝나자 도마 위에는 고기 조각과 십여 토막의 뼛조각이 수북하게 쌓였다.

그의 재빠르고 정확하며 힘있는 칼솜씨는 모여든 사람들은 물론 백풍산과 하군악, 그리고 저쪽에서 바라보고 있던 위서향마저 크게 놀라게 했다.

"와아!"

쾌도왕이 도마에 칼을 꽂고 물러서자 사람들의 입에서 일제히 함성이 터져 나왔다.

"으음—"

백풍산이 낯을 찌푸린 채 신음성을 흘렸고, 하군악은 눈을 부릅뜨고 입을 딱 벌린 채 쾌도왕과 도마 위의 흔적을 번갈아 바라보고 있었다.

쾌도왕의 뒤에서 운도는 눈살을 찌푸렸다.

'왜? 왜? 어째서 다 보여주지 않은 거지?

그런 의문을 갖는 건 운도뿐이었다. 다른 사람들은 쾌도왕이 본래의 솜씨를 반밖에 보여주지 않았다는 걸 알 수가 없다.

지그시 쾌도왕을 바라보고 운도를 바라보던 백풍산이 돌아섰다.

"너무 늦지 않게 돌아오는 게 좋을 게다. 어두워져 길을 찾아오기 힘들어지기 전에 말이야."

백풍산이 떠나는 걸 보면서 운도는 그가 던져 주고 간 말을 음미했다.

그러자 말속에 말이 들어 있다는 걸 느낄 수 있었다.

단지 어두워지기 전에 풍사곡으로 돌아오라는 것만이 아니라, 하루빨리 네 본래의 길로 돌아오라는 충고가 담겨 있는 말이었던 것이다.

너무 오래 다른 길에 빠져 있으면 십천의 무공을 배우겠다는 본래의 마음도 점점 멀어지게 될 것이라는 뜻이기도 했다.

"백 사형……."

그의 이름을 중얼거리는 운도의 가슴속에서 뜨거운 무엇이 일렁거렸다.

평소에 백풍산의 무관심함을 서운해하고 그를 미워하기도 했는데, 그런 저의 좁았던 속이 부끄러워지기도 한다.

第十二章

운명적인 만남

마롱의 후예

“그의 정체가 뭘까? 무공을 숨기고 있는 고수가 아닐까?”

하군악에게는 내내 그게 풀 수 없는 수수께끼였다.

하지만 백풍산은 고개를 가로저을 뿐이었다.

“유심히 보았지만 그의 칼솜씨에서 무공을 익힌 자의 흔적을 찾아볼 수 없었다.”

“그렇다면 백정질을 한 것만으로 그런 칼솜씨를 갖게 되었단 거요?”

“그럴 수도 있겠지. 장인이 달리 장인이겠느냐?”

“쳇, 백 사형은 마음이 너무 너그러워서 탈이야.”

눈을 흘긴 하군악이 고개를 갸웃거렸다.

“내가 보기에는 아무래도 수상쩍은 자야. 운도가 그자와 어

울리는 것도 수상하고. 아무래도 무언가 감추고 있는 사연이
있는 게 틀림없어."

그는 아직도 운도가 제 사부를 화산파의 이릉운이 아니라고
한 것에 대해서 의심하고 있었다.

백풍산이 묵묵히 뒤따르고 있는 위서향을 돌아보았다.

"위 사매의 생각은 어때?"

"……."

"위 사매!"

"아!"

"대체 무슨 생각을 그렇게 하고 있는 거야?"

"미안해요. 나에게 뭘 물어봤나요?"

"쳇, 그만두자."

백풍산이 혀를 차고 다시 성큼성큼 걸어갔다.

위서향은 내내 어두운 얼굴로 무언가를 골똘히 생각하고 있
었다. 그래서 그들이 서로 나눈 말을 하나도 듣지 못했다.

그런 위서향을 힐끔거리던 하군악이 다시 백풍산 곁에 따라
붙었다.

"곡주님에게 말해야 하지 않을까?"

"이미 알고 계실 거다."

"응?"

"너는 아직도 십천의 능력을 제대로 파악하지 못하고 있구
나."

"그분들이 가히 초인적인 능력을 지녔다는 거야 잘 알지

만⋯⋯."

"곡주님에게는 달리 생각하시는 게 있는 모양이다. 틀림없어. 그러기에 운도가 쾌도왕이라는 자와 어울리는 걸 짐짓 모른 척하시는 거겠지."

잠시 생각하던 백풍산이 단호하게 말했다.

"우리도 그냥 모르는 척해두고 있는 게 좋겠다."

그 말에 하군악이 뒤따라오고 있는 위서향을 힐끔거리며 웃었다.

"하긴, 그놈이 엉뚱한 데에 한눈을 팔아주면 나에게는 좋은 일이지, 뭐. 경쟁자 한 명이 확실히 도태되는 거니까 말이야. 하하―"

'속 좁은 놈.'

백풍산이 잔뜩 눈살을 찌푸렸지만 내색하지는 않았다.

"오늘부터 본격적으로 내 칼솜씨를 가르쳐 주마. 너는 재주가 특별한 놈이니까 비결을 알면 금방 배울 수 있을 거다."

무엇을 생각하는지, 백풍산 등이 떠나고 나서부터 지루하게 침묵을 지키고 있던 쾌도왕이 다른 말은 모두 생략한 채 그렇게 말하고 세곡도를 잡았다.

"먼저 칼의 특성을 잘 알고 이해해야 한다. 칼과 네가 한 몸이 되어야 하고, 너의 생각이 곧 칼의 생각이 되어야 하는 거야."

그 말을 할 때의 쾌도왕은 어디에도 바보 같은 구석이 없었다.

신색이 장엄해지기까지 한 것이어서 운도는 어리둥절해졌다.

"판단을 네가 하지 말고 칼에게 맡겨두어라. 그러면 칼이 모든 걸 다 알아서 해줄 테니까."

운도로서는 이해할 수 없는 말이었다.

칼이 모든 걸 스스로 알아서 해준다니 그렇다.

단단한 뼈 사이에 얇고 가느다란 칼을 집어넣어 살을 발라내는 쾌도왕의 솜씨는 그 어느 때보다 정교하고 아름다웠다.

그는 비로소 운도에게 자신의 모든 것을 보여주고자 하는 것이다.

운도는 눈을 부릅뜨고 정신을 집중해서 쾌도왕의 손놀림을 보았다.

그러자 무언가 보이기 시작했다. 예전에는 소홀히 여기고 넘어갔던 부분이다.

쾌도왕의 그 두툼하고 강인해 보이는 손은 마치 뼈가 없는 연체동물의 그것 같았다.

어쩌면 저렇게 부드럽게, 그러면서도 힘차게 움직일 수 있는 것일까 하는 의문과 감탄을 절로 하게 된다.

뼈 속을 헤집는 동안 사각거리는 소리만 작게 들릴 뿐, 칼날이 뼈에 닿는 소리는 전혀 들려오지 않았다.

마치 칼에 눈이 달려 있어서 스스로 뼈를 피해가는 것 같기만 했다.

운도의 머릿속에 문득 사부의 말이 떠올랐다.

풍운검법을 가르쳐 주면서 제일 먼저 사부는 검을 쥐는 마음 자세에 대하여 말하지 않았던가.

"검과 내가 하나가 되어야 하고, 궁극적으로는 그러한 의식마저 사라져야 하는 것이다. 나의 의지가 그대로 검의 의지와 통하여 일체가 될 때 비로소 모든 초식과 격식은 물론 의지마저도 소멸된다. 그건 곧 나라는 존재의 소멸과도 같은 것. 나는 없고 오직 검이 있을 뿐이며, 세상에서 그것이 유일한 존재임을 느끼게 될 때 너는 비로소 검의 참모습을 보게 될 것이다. 그게 네가 통과해야 할 첫 번째 관문이다."

운도는 사부가 검신일여(劍身一如)의 경지를 말했다고 이해했다.

그리고 그것이 검을 아는 첫 번째 단계에 불과하다는 말에 놀랐던 기억이 생생하게 살아났다.

그런데 지금, 쾌도왕의 세곡도를 놀리는 솜씨는 바로 그러한 경지를 보여주는 것이었다.

사부가 말로 설명해 준 것과 달리 쾌도왕은 몸소 그것을 보여줌으로써 가르쳐 주는 것이다.

'쾌도왕의 칼에 대한 진경이 설마 저 정도였을 줄이야!'

운도의 놀람이 커지지 않을 수 없다.

"비결은 간단해. 하긴, 알고 보면 모든 게 다 그렇지. 그걸 알기까지가 어렵고 힘들 뿐이다."

　칼을 내려놓은 쾌도왕이 앞치마에 기름투성이가 된 손을 닦으며 혼잣말처럼 중얼거렸다.

　"고수와 하수가 별거더냐? 이치가 간단하다는 걸 안 자는 고수인 거고, 아직 그걸 몰라서 어려워하는 자는 하수인 거지."

　"어떻게 그렇게 할 수 있지?"

　운도가 묻자 쾌도왕이 빙긋 웃었다.

　"간단하다니까? 네 의지를 칼에게 주어버리면 된다. 하지만 그렇게 되기 위해서는 먼저 네 의지로 칼을 완벽하게 지배할 수 있는 단계를 거쳐야겠지. 그렇게 해서 칼에 대한 두려움이 사라지면 그다음에는 칼이 너를 두려워하지 않게 하는 거야. 그러면 곧 칼의 의지가 네 속에 파고들어 너와 하나가 될 거다."

　말은 다르지만 그 이치는 사부가 설파했던 것과 하나도 다르지 않았다.

　운도가 놀라고 흥분한 눈으로 쾌도왕을 멍하니 바라보았다.

　그의 눈에 이제 쾌도왕은 더 이상 사람 좋기만 한 바보가 아니었다.

　"자, 다음에는 이것이다."

　쾌도왕이 무거운 절삭도를 집어들었다.

　"힘의 조절이 중요하다는 건 벌써 말해줬지? 하지만 그것만으로는 안 되지. 더 중요한 건 힘의 집중이고, 그것보다 더 중요한 건 힘의 분산이다. 그리고 마지막으로 힘의 통제를 버리는 거야. 그러면 무엇이든 이 칼로 자르지 못할 게 없고, 깎아 내지 못할 게 없을 것이다."

"그것 역시 내 의지를 버리는 단계를 말하는 것이로군? 그렇지?"

"허허, 역시 알아듣는 게 빠르구나. 금방 배울 수 있겠어."

유쾌하게 웃은 쾌도왕이 절삭도를 번쩍 들어 올렸다.

그리고 힘차게 내려쳤는데, 그의 온 힘을 그 한 번의 칼질에 아낌없이 실은 것처럼 보였다.

과연 그 힘이라면 바위라고 해도 단번에 쪼개 버릴 것 같다.

쾅!

쾌도왕이 그렇게 무지막지한 힘으로 도마 위의 뼈를 내려쳤다. 그것이 두부처럼 매끈하게 두 쪽으로 잘렸고, 칼은 그 사이에 멎어 있었다.

"아!"

운도가 놀람의 탄성을 터뜨렸다.

그의 눈에 비로소 쾌도왕의 칼이 가지고 있는 그 오묘한 무엇이 보였던 것이다.

그건 방금 쾌도왕이 말했던 것처럼 힘의 집중이고 분산이었다. 그리고 통제를 버린 바로 그 결과를 보여준 것이었다.

힘을 목표에 집중하여 한순간에 남김없이 쏟아버리는 것이야 칼질에 익숙한 자라면 쉽게 할 수 있는 일이었다.

하지만 쾌도왕처럼 저렇게 칼이 도마와 맞닿은 부분에서 딱 멈추게 할 수 있는 자는 흔치 않을 것이다.

그거야말로 무섭도록 집중했던 힘을 제가 마음먹은 그 순간에, 그 지점에서 남김없이 분산시키는 비결에 익숙해지지 않고서는 불가능한 일이었다.

그러므로 절삭도는 도마의 면에 닿는 순간 무른 솜처럼 되어버렸고, 터럭만 한 힘도 실려 있지 않은 무딘 물건이 되어버렸다.

그렇게 그저 도마 위에 놓이게 된 것이다.

그건 불가사의한 일이었다.

어떻게 그 무지막지한 힘을 한순간에, 한 지점에 이르렀을 때, 그 찰나보다 짧을 그 순간에 모두 흩어버릴 수 있단 말인가.

'바로 통제를 버렸기 때문이다!'

운도는 그 이치를 깨달았다.

칼을 통제하고, 그것에 실린 내 힘을 통제하려는 의지를 버린 순간 칼이 그렇게 한 것이다.

그러므로 그건 곧 내 생명과 영혼을 손을 통해서 칼에게 남김없이 주어버린 것과 같았다.

이제 나는 어디에도 없고, 칼이 곧 나인 것이다.

쾌도왕은 바로 그 경지를 한 번의 칼질로 보여주었다.

그래서 운도는 넋이 나갈 지경이 되었다.

눈앞의 쾌도왕이 전혀 다른 사람인 것처럼 보였다.

거대하다.

그는 산악이 버티고 서 있는 듯 거대한 무엇이었다.

그 산악이 운도에게 말했다. 그리고 운도는 거부할 수 없는 영혼의 울림을 들었다.

"자, 이제 해봐."

*   *   *

'대체 무엇이었을까?

밤이 깊었지만 운도는 잠을 잘 수 없었다. 눈을 감아도, 떠도 온통 쾌도왕이 보여주었던 그 칼의 움직임이 떠올랐고, 쾌도왕의 말들이 귓속에 가득했다.

운도의 머릿속에는 그 이치가 박혀 있었다. 그래서 그는 더욱 답답함을 느끼고 있었다.

쾌도왕에게서 저에게로 옮겨온 그것을 머릿속에 담아두고만 있어서야 아무 쓸모가 없지 않은가.

'어떻게 해야 하는 걸까?

그래서 운도는 그 생각에 매달렸다.

대체 어떻게 해야 쾌도왕이 전해준 칼의 이치를 제 손을 통해 나타내 보일 수 있는 건지 알 수가 없어서 가슴이 꽉 막힌 것처럼 답답했다.

그것을 잊기 위해서 운도는 침상 위에 가부좌를 틀고 앉았다.

지그시 눈을 감고 천마심공을 운용했다.

벌써 넉 달째 그는 아무도 모르게 천마심공의 비결에 따라 운기행공을 계속해 오고 있었다.

그 결과 그의 몸 안에는 거대한 기운의 초석이 조금씩 다져지고 있는 중이었다.

지난 십 년간 사부에게서 배운 신공의 연마를 통해 쌓아온 내공이 적지 않았지만 아낌없이 버렸다.

그리고 이제 다시 시작하는 것이니 다른 경쟁자들에 비해 너무 늦은 출발일 것이다.

하지만 운도는 그런 걱정은 하지 않았다.

경쟁자들을 물리치고 제가 십천의 지주가 되겠다는 생각이 없기 때문이다.

"열 개를 배우든 백 개를 배우든 다 소용없어. 재주 많은 놈이 오히려 밥 굶는다는 말이 괜히 있는 게 아니다."

쾌도왕의 말이 귓가에 울렸다.

"열 개를 배워서 그 모두를 절정으로 익힐 수 있는 사람이 있다면 많이 배울수록 좋겠지. 하지만 그런 사람은 백 년에 한 번 나올까 말까 할 거다."

그 말을 할 때 쾌도왕의 얼굴에 어두운 그늘이 지는 걸 운도는 똑똑히 보았다.

"그렇지 않은 이상 한 가지만 배워도 돼. 열 개를 어설프게 아
는 것보다 한 가지, 제가 가장 잘할 수 있는 걸 극성으로 익힌 자가
훨씬 높이 올라갈 것이다."

그때 운도는 쾌도왕이 단지 장인이 되는 길을 말한 것이라
고 생각했었다.
그는 오직 푸줏간의 일 하나에만 매달려서 오늘날과 같이
독보적인 존재가 되었으니 그의 말을 인정해 주지 않을 수 없
다.
그러나 지금 그 말을 다시 생각하자 그건 꼭 장인의 길을 두
고 한 말이 아닌 것처럼 여겨졌다.
'무공의 이치를 말한 걸까? 그래서 나에게 충고해 준 걸까?
그런 의문을 지울 수 없다.
"휴우—"
운도가 긴 한숨을 내쉬고 가부좌를 풀었다.
이렇게 잡념이 많아서야 천마심공을 제대로 운기할 수 없으
니 차라리 포기하는 게 낫다고 생각한 것이다.
겉옷을 걸쳐 입은 운도는 자는 것마저 포기하고 화평각 밖
으로 나갔다.
하늘 높이 둥근 달이 떠 있었다. 보름을 닷새 앞둔 달이다.
은은한 달빛이 주위를 비추어 사방의 경물이 꿈속인 것처럼
아늑하게 보였다.
잠시 잡풀 무성한 뜰을 거닐던 운도의 발길은 저도 모르게

무엇엔가 홀린 듯이 풍사곡 밖으로 향하고 있었다.

"앗!"
운도가 놀란 소리를 내고 멈칫 멈추어 섰다.
은은하던 달빛이 골짜기의 울창한 숲 그늘을 통해 비쳐들자 음침하게 변해 있었는데, 거기 무엇인가 있었던 것이다.
늑대들이었다.
인광이 번쩍이는 푸른 눈들이 노려보는 곳에 한 사람이 곧 주저앉을 듯 비틀거리며 서 있었다.
온몸이 피투성이고, 손에 반 토막이 된 지팡이를 겨우 쥐고 있는 정체불명의 노인이었다.
머리카락이 지저분하게 흩어져 얼굴을 가렸으며, 수염이 무성하게 자라나 용모가 분명치 않았다.
등에 커다란 바랑을 짊어지고 있는 것이 약초를 캐러 다니는 노인인 듯했다.
늑대들은 그 노인을 노리고 있었다.
노인은 산속에서부터 그것들과 격전을 치르며 여기까지 쫓겨 내려온 게 틀림없어 보였다.
이제는 기력이 다하고 여기저기 부상을 입어 저항할 힘이 거의 사라진 상태였다.
크룽—
한 마리가 낮게 으르렁거리며 도약을 했고, 노인이 사력을 다해 지팡이를 휘둘렀다.

노인의 앞에서 위협적으로 도약한 놈은 단지 주의를 끌려는 것에 불과했다.

노인이 그놈을 상대하는 순간 뒤쪽에서 다른 한 놈이 소리없이 뛰어올랐다.

"안 돼!"

그 순간 운도가 버럭 소리쳤다.

그놈이 노인의 등에 올라타듯이 하면서 어깨를 물었다.

그와 동시에 운도가 다급히 외치며 몸을 날렸고, 노인은 늑대의 무게조차 감당하지 못하고 맥없이 풀썩 쓰러졌다.

곧 늑대들이 달려들어 온몸을 물어뜯어 댈 것이다.

"이놈들!"

운도의 고함 소리를 들었으련만 늑대들은 힐끔 돌아보았을 뿐 상대하려 하지 않았다.

영악한 놈들이었다.

운도가 어린 소년이라는 걸 알아본 것이다.

그래서 그중 두 마리만 돌아서더니 푸른 눈을 번쩍이며 이빨을 드러내고 위협했을 뿐이다.

"물러서!"

운도는 두려움도 잊은 채 그것들에게 맹렬하게 달려들었다.

쉬잉—

그의 주먹에서 묵직한 바람 소리가 났다.

캥!

그것에 머리통을 가격당한 늑대 한 마리가 외마디 비명을 지르고 펄쩍 뛰어올랐다가 나뒹굴었다.

네 발을 바르르 떨더니 잠잠해진다.

내력이 깃든 운도의 한주먹에 맞아 두개골이 박살 난 게 틀림없었다.

크앙!

동료의 죽음을 본 다른 한 마리가 사납게 울부짖으며 달려들었다.

펄쩍 뛰자 곧장 운도의 목덜미를 노리게 된다.

운도는 침착했다.

노인의 목숨이 경각지간에 달려 있지만 서두르지 않았다.

그가 황룡장법의 보법을 밟아 몸을 비키며 다시 일 권을 후려쳤다.

부웅—

위맹한 권풍이 곧장 뻗어나가고, 그것이 코앞에 달려든 늑대의 미간을 정확히 때렸다.

빡!

뼈가 부수어지는 요란한 소리가 났다.

캥!

늑대가 외마디 비명 소리와 함께 저만큼 날려가 처박혔다.

"이놈들!"

앞이 뚫리자 운도가 버럭 외치며 막 노인을 물어뜯으려는 늑대의 무리 속으로 겁없이 뛰어들었다.

그의 황룡장법은 그보다 더 완벽할 수 없을 만큼 완벽했다.

위진평이 펼친다고 해도 더 나을 수는 없을 것이다.

다만 아직 내력이 부족해서 위력을 반의반도 채 발휘하지 못한다는 게 흠이었다.

그러나 그것만으로도 늑대들을 상대하기에는 충분했다.

내뻗는 장력에 다시 한 마리가 목덜미를 가격당하고 그대로 고꾸라지자 나머지 놈들이 비로소 위기를 느낀 듯 노인을 버리고 일제히 운도에게 달려들었다.

어둠 속에서 시퍼렇게 번쩍이는 그것들의 눈빛과, 하얗게 드러낸 날카로운 이빨이 보는 것만으로도 끔찍한 두려움을 느끼게 했다.

그러나 운도는 그것들을 피해 달아날 수가 없었다. 망설일 여유도 없다.

그의 머릿속에는 오직 노인의 목숨을 구해주어야 한다는 일념만 가득했다.

"에잇!"

운도가 날카롭게 외치며 거푸 황룡장법을 펼쳐 냈다.

윙윙거리는 바람 소리가 허공에 가득해지고, 예리한 장력이 사방으로 뻗어나갔다.

이미 그 위력을 알게 된 늑대들은 감히 그것과 정면으로 대결하려 하지 않았다.

운도의 앞에서 위협하고, 좌우에서 달려들며 뒤에서 소리없이 기습한다.

이처럼 협동해서 사냥하는 일에 이골이 난 노련한 늑대의 무리였다.

"이 나쁜 놈들! 감히 사람을 두려워하지 않다니!"

화가 난 운도가 어지럽게 몸을 움직이며 이번에는 청향 비구니의 천수불장을 펼쳤다.

생각하고 말고 할 새도 없이 위급한 상황을 맞자 몸이 절로 그렇게 반응한 것이다.

과연 아미의 천수불장은 대여섯 마리의 늑대들이 한꺼번에 달려드는 다급한 상황에서 가장 효과적인 장법이었다.

쉬이잉 하는 바람 소리와 함께 운도의 몸이 바람개비처럼 맴돌고, 두 손이 마치 천 개의 손이 된 것처럼 어지럽게 허공에 장영을 뿌렸다.

바람 한 점 스며들 수 없을 만큼 면밀한 장력이 운도의 몸을 가려준다.

그러자 제 팔을 내뻗고 한 바퀴 맴돌았을 때 생기는 공간이 운도의 절대 영역이 되었다.

그 어느 것도 들어오는 걸 용납하지 않는다.

퍽, 퍽, 퍽!

그 속으로 겁없이 뛰어들었던 세 마리가 운도의 장력에 맞아 캥! 하는 비명을 지르며 나가떨어졌다.

발로는 여전히 황룡장의 보법을 밟고, 두 손으로는 천수불장을 펼치며 좌충우돌하는 운도의 모습은 한 마리 호랑이 같았다.

여전히 운도를 에워싸고 있는 늑대의 무리는 더 이상 덤벼

들 엄두를 내지 못했다.

"차핫!"

승기를 잡은 운도가 우렁찬 기합성을 터뜨리며 그중 우두머리로 보이는 놈을 향해 몸을 날렸다.

아직 몸이 허공에 떠 있는 중에 그놈의 머리통을 노리고 힘껏 장력을 발출하자 위기를 느낀 우두머리 늑대가 급히 옆으로 달려갔고, 펑! 하는 소리와 함께 그것이 있던 곳에 장력이 터졌다.

돌가루와 흙먼지가 분분히 날려 허공을 자욱하게 뒤덮었다.

분하다는 듯 운도를 한 번 무섭게 노려본 우두머리 늑대가 산속으로 달아나기 시작했다.

그러자 아직 살아 있는 무리가 기다렸다는 듯 꼬리를 말고 뒤를 따랐다.

잠깐의 시간에 불과했지만 제 몸의 모든 힘을 다 내쏟은 운도가 털썩 주저앉았다.

거친 숨을 헐떡이며 비로소 제가 처했던 위험을 느끼고 부르르 떤다.

저쪽에는 아직 노인이 쓰러져 움직이지 못하고 있었다. 몸에서 흘러내린 피로 땅이 검붉게 물들었다.

끙, 하고 일어선 운도가 노인에게 다가갔다.

"노인장, 노인장, 이제 안심하셔도 됩니다."

몇 번 흔들며 부르자 비로소 노인이 미약한 신음을 흘리며 힘겹게 눈을 떴다.

중상을 입은 노인의 그것이라고는 믿어지지 않을 만큼 맑고 깨끗한 눈이었다.

"자네가, 자네가 내 목숨을 구해주었군."

"우선 개울에 내려가 상처를 씻어야겠어요."

운도가 노인에게 등을 내밀었다.

노인을 업고 개울로 내려간 운도는 찢어진 옷자락을 헤치고 지혈을 한 다음 맑은 물로 상처를 씻어냈다.

드러난 노인의 살이 보기보다 깨끗하고 탄력이 있는 게 의아했지만 신경 쓰지 않았다.

여기저기 늑대에게 물리고 찢긴 상처들이 있었는데, 가장 큰 곳은 허벅지 깊숙한 곳과 목 바로 뒤 어깨 부분이었다.

그곳은 조금만 더 깊게 물렸더라면 힘줄이 끊어졌거나, 목뼈를 다쳤을 만큼 심각한 상처였다.

나머지 십여 군데의 상처는 그리 크지 않다.

"나에게 약초가 있네."

노인이 힘겹게 바랑을 끌어당기더니 그 안에서 향긋한 냄새가 나는 풀잎 몇 가지를 꺼냈다.

"이걸 잘 씹은 다음에 자네의 침과 함께 어깨와 허벅지의 상처에 붙여주겠나?"

운도는 노인이 시키는 대로 하고 제 겉옷을 찢어 상처를 싸매주었다.

급한 대로 치료를 마치자 노인이 한숨을 쉬고 말했다.

"잠깐 사이에 두 번 도움을 받았으니 이 신세가 결코 적지
않군."

"위급한 사람을 도와주는 거야 당연한 일이니 고마워하지
않아도 됩니다."

"자네는 내 생명의 은인인데 아직 이름도 물어보지 못했
네."

"단운도라고 합니다."

"그렇군."

노인이 맑은 빛이 가득한 눈으로 운도의 얼굴을 찬찬히 바
라보았다. 그러던 어느 순간 무엇에 놀란 것처럼 눈매가 파르
르 떨렸다.

운도는 여전히 노인의 나머지 상처들을 살펴보느라고 그런
걸 눈치채지 못했다.

"자네는 풍사곡의 인물인가?"

"잠시 그곳에 머물고 있지요."

"그럼 곡주에게서 무공을 배우겠군?"

"그렇습니다만……?"

운도가 의아한 얼굴로 노인을 바라보았다.

노인의 얼굴은 몸의 피부와는 달리 마르고 주름이 가득해서
칠십대로 보였다.

그 나이에 아직도 산속을 헤매며 약초를 캐고 있으니 팔자
가 기구한 노인이 틀림없다는 생각이 든다.

노인이 운도를 빤히 바라보며 천천히 말했다.

"풍사곡주가 협의지사라고 들었네. 그 양반에게서 무공을 배우고 있다니 자네 또한 협의를 아는 소년이 틀림없는 게야. 그러니 위기에 처한 나를 구하고 치료해 주었겠지만."

"그런데 어쩌다가 늑대들에게 쫓기셨습니까?"

"보다시피 나는 이 산 저 산 깊은 골짜기를 찾아다니며 약초를 캐는 걸 생업으로 삼고 있는 사람이라네. 그러니 늘 위험을 안고 사는 셈이지. 이번에는 좀 지독했지만 말이야."

노인이 빙긋 웃었다.

"이제 그만 가봐야겠네. 언제든 자네에게 진 신세를 갚을 날이 있겠지."

약초 바랑을 등에 진 노인이 끙, 하고 힘겹게 몸을 일으켰으나 한 발짝도 제대로 떼어놓지 못하고 다시 주저앉았다.

몸을 움직이자 상처의 고통이 온몸을 난자해 대는 것처럼 지독했던 것이다.

"안 되겠습니다. 제가 저 아래 마을까지 모셔다 드리지요."

운도가 다시 등을 내밀었다.

"그럼 염치불구하고 신세를 짐세."

잠시 쉬는 동안 내력을 회복한 운도는 가뿐하게 노인을 업고 성큼성큼 골짜기를 따라 내려갔다.

운도의 목에 팔을 두르고 그 등에 업혀 있는 노인은 무슨 생각을 하는지 말이 없었다.

마을의 불빛이 저 아래 보이는 곳에 이르자 노인이 중얼거리듯 말했다.

"자네는 어린 나이에도 내공이 상당한 모양이군. 나를 업고
서도 조금도 힘들어하지 않으니 말이야."

"노인장께서는 무공에 대하여 아십니까?"

운도가 의아해서 묻자 노인이 고개를 저었다.

"세상을 떠돌아다니며 들은 걸세. 무공을 익히고, 내공이 높
은 사람은 항우처럼 힘이 세다고 하더군. 겉으로 보기에는 가
냘픈 유생이라도 말이야."

"저의 내공은 아직 초보 단계에 불과하답니다. 노인장께서
생각하시는 그런 고수가 되려면 한참 멀었지요."

"그렇지 않네. 자네는 근골이 훌륭하고 마음이 깨끗하니 반
드시 일찍 성취할 걸세."

"그걸 어찌 아십니까?"

"약초를 다루다 보니 자연히 의술에도 조금은 눈을 뜨게 되
더군. 그래서 사람의 근골을 살피고 맥을 짚으며 기질을 볼 줄
안다네."

"노인장의 말씀처럼 빨리 신공을 이루어 고수가 되었으면
좋겠습니다."

"왜? 그렇게 되면 꼭 해야 할 일이라도 있는 건가?"

"……"

운도가 입을 꾹 다물었다.

그는 무공의 수련이 끝나고 나면 우선 제 신세부터 알아볼
생각이었다.

대체 부모가 누구인지, 왜 사부에게 맡겨져 지난 십오 년 동

안이나 살아야 했는지.

사부가 과연 십천 중의 한 명인 화산파의 이릉운인지. 그렇다면 어째서 자신을 속여왔는지…….

그 모든 것을 밝히는 것이야말로 지금 운도가 가지고 있는 가장 큰 소망이었다.

십천의 후계자가 되고, 장차 십천지주라는 어마어마한 자리를 차지할 생각 따위는 없는 것이다.

다만 아직은 때가 되지 않았다고 스스로 판단했기에 묵묵히 위진평의 무공을 배우고 있고, 십천의 무공을 익히려고 할 뿐이다.

하지만 낯선 노인에게 그런 저의 사정을 미주알고주알 말할 수는 없었다.

"자네에게 말 못할 한이 있는 모양이군. 쯧쯧……."

운도가 말이 없자 노인이 혀를 찼다.

"어린 나이에 벌써 깊은 한을 가졌으니 자네의 신세도 가련하군그래."

"제가 그렇다는 걸 어떻게 아십니까?"

"짐작이지. 하지만 틀림없을 걸세."

말을 나누는 동안 골짜기 입구의 마을에 이르렀다.

"됐네. 여기서부터는 내가 걷지."

노인이 운도의 어깨를 쳤다.

운도가 그를 내려놓자 물끄러미 바라보던 노인이 고개를 끄덕였다.

“다시 만나게 될 걸세.”

“노인장의 성함은 어떻게 되시는지요?”

“나 같은 늙은이의 이름은 알아서 무엇 하겠나? 그저 약초 캐는 이름없는 늙은이라고 알아두게. 그럼 몸조심하게.”

노인이 위태롭게 절뚝거리며 떠나는 걸 멍하니 바라보고 있던 운도가 머리를 흔들었다.

“무명노라니? 알 수 없는 노인이야.”

운도는 노인이 그저 산에서 약초나 캐다 파는 그런 산골 노인과는 무언가 다르다고 생각했다.

그게 무엇인지는 모르지만 그래서 더욱 궁금해진다.

“인연이 있으면 언젠가 또 만나게 되겠지.”

어쨌든 좋은 일을 했다는 생각에 가슴이 뿌듯해진 운도가 미련없이 돌아섰다.

아무렇지도 않게 잊어버릴 수도 있는 그 만남이 자신의 운명을 송두리째 뒤바꾸어놓는 계기가 되리라고는 조금도 짐작하지 못한 채.

『마룡의 후예』 1권 끝

무림군자

장진영 新무협 판타지 소설

무림은 그를 영웅이라 불렀고,
그는 자신을 소인이라 칭했다.

"사람이 가져야 할 것 중 가장 기본은 인의(人義). 자신이 정한 바
를 흔들림없이 나아가는
것이 바로 군자의 도(道)다."

얽히고설킨 그들의 인연에 의해 시간의 수레바퀴가 돌아가고,
숨죽였던 무림이 풍룡과 함께 웅대한 날개를 펼친다!!